コンビニエンス・ラブ

吉川トリコ

——NEW GAME…

1

灰人（かいと）の背中で卵が割れた。

「裏切り者！」

空気を切り裂くような金切り声があたり一帯に響いた。その言葉の強さにたじろいで、反応が遅れた。声のしたほうを振りかえると、犯人はすでにこちらに背を向けて走り出していた。薄暮の中でもはっきりと見て取れる、青からピンクへあざやかなグラデーションを描く長い髪。よく事務所の前で待ち伏せしているsisの一人だった。

「おい！」

「愛生(あき)！」

とっさに飛び出しかけた俺を、伊央(いお)が鋭く制止した。

「ひどい」

「なんであんなこと」

事務所のまわりに集まっていたsisが口々に非難の声をあげる。中には泣き出している子までいる。

今夜は八時から、アルバム発売記念のライブ配信をメンバー全員でやるとあらかじめSNSで告知してあった。配信はいつも事務所の会議室でやることになっているから、当たりをつけて入り待ちしていたのだろう。

「カイくん、大丈夫？」

すぐに諒太(りょうた)が駆け寄って、生卵で汚れた灰人のシャツを脱がせてやっている。目に刺さるほど白かったシャツが見るも無残なことになっている。某ハイブランドからの提供品。ついこのあいだ灰人がインスタで紹介していたものだ。

「灰人、これ着ろ」

宙也(ちゅうや)がタンクトップ一枚になり、自分の着ていたパイナップル柄のアロハシャツを灰人の肩にかけてやる。その瞬間、遠巻きに見守っていた女たちからふわっとした波動が放たれるのを感じた。二人を見る目が涙とは別のなにかに濡れて光っている。舌打ちして睨みつけると、後ろから腕を引かれ、事務所の中に引きずり込まれた。

「あの子たちは関係ないでしょ」

おもてに出るときより二トーンほど抑えた声音で伊央が言う。

「どうだか」

吐き捨てるように言って、俺はその手を振り払った。

リハーサルスタジオから事務所の本社ビルまで、わずか数十メートルのあいだに起こった出来事だった。

——ミミとカイトつきあってるってほんとですか？

――橘灰人は女の匂わせやめさせろ
――事務所はなんで放置してんの?

――いますぐ別れろ金返せ
配信を開始して早々にコメント欄が荒れはじめた。先ほどの生卵女もこの中に混じっているのかと思ったら、胸くそが悪くて吐きそうだった。

「は?」

カメラに向かって凄んでみせると、会議室の壁にもたれて配信の様子を眺めていたプロデューサーのジェリさんが眼鏡の奥の目を細めた。それでもう、そっちのほうは見られなくなった。

「ついに本日、僕たち『GAME BREAKERS』の三枚目のアルバム『Rhythm&Boys』が発売になりました! メンバー全員、かなりの手ごたえを感じています。まずはリーダーの宙也くんから、順番に思うところなんか聞いていきましょうか」

タブレットの画面に流れてくる物騒なコメントなど目に入っていないかのように、MCの伊央が如才なく場をつなぎ、「もう、最っ高でしょ!」と宙也がカメラに向かって親指を突き立てる。

「え、それだけ？　もっとあるでしょ、リーダーなんだから」

「最高としか言いようがないよね！」

「いや最高なのはまちがいないですけど……ダメだ、これが宙也くんの語彙力の限界……。すいませんね、うちのリーダーの第一言語はダンスなんで。えっと、じゃあ、カイくんはどうですか？」

話を振られた灰人はすぐには答えず、メンバーそれぞれの手元に設置されたタブレットをぼんやり眺めている。

「カイくん？　カイくーん！　もしかして寝てます？」

「え、あ、うん」

「寝てたんかーい」

会議室にいるスタッフから笑いが起こり、へへへとつられるように灰人が笑った。

そうしているあいだにも、夥しい数のコメントが画面の上を流れていく。

「三枚目のアルバム、いままでいちばん好きなかんじ。正直これまでは自分たちのアルバムを家で聴いたりすること、あんまりなかったけど、今回のはけっこう聴いてるかな」
「ちょっと！　正直すぎるでしょ！」
――カイト起きてｗｗｗ
――宙也の語彙力の限界
――今日もイーオのツッコミが冴えわたってる
――私も今回のアルバムいちばん好きです！
――すでに1000000回再生しましたっ！
――りよちゃマジ天使（定期）
――今日のアッキー、ビズ仕上がってる
――カイト、アロハ似合わなすぎウケるｗｗｗ
――待って？　これこないだちゅーやんがインスタで着てたやつでは？
――え、まさかのおそろい無理しぬ保存
――こういう匂わせなら大歓迎

——正直に言うべきことは他にあるんじゃないの？

ほとんどが好意的なコメントだったが、ほんの少しのノイズがこの場を支配しているのはあきらかだった。羊の大群の中を数匹のオオカミが横切るだけで、牧歌的な風景がたちまち不穏なものへと変化する。

「うるせえなあ」

わかってる。無視するべきだって。無視しなきゃいけないって。わざと過激なことを書き込んでこちらの反応を引き出そうとするのがこいつらのやり口なんだって。煽られたら負けだって。

だけど、どうして殴られるばかりでやり返しちゃいけないんだろう。俺たちはサンドバッグじゃないのに。

「アンチは黙れよ」

一瞬、時間が止まった気がした。つんと耳に刺さるような静寂。気まずい空気をどうにかしたくて口にしたことだったのに、その場を凍らせたのは俺のほうだった。画面の向こうで配信を見ている人たちもみんな息を詰めている——そんな気がした。

「アッキー、それは言いすぎじゃない?」

すぐ隣に座っていた諒太が俺の肩に手を置き、いつになく真剣な顔つきで言った。

「前のアルバムをディスったぐらいでアンチはひどいよ!」

俺が言いたかったのはそういうことじゃない。そういうことじゃないけど——。

諒太のボケにどっと場が沸いて、凍りついた空気が氷解した。諒太にはこういうところがある。どこまで計算してやっているのか、あるいは天然なのか、瞬時に空気を読んで天真爛漫な発言でその場を引っくりかえしてしまう。

「まあまあ、それだけ今回のアルバムが最高だったってことだよね」

反対隣に座った伊央がカメラに向かって笑顔をふりまきながら、机の下で俺のすねを蹴っ飛ばした。


一時間ほどで配信を終えると、マネージャーの浅井さんとともに俺たちは会議室を出た。配信の途中でジェリさんはどこかへ呼び出されて消えてしまい、今日も顔を見ただけで話すことはできなかったが、どこかでほっとしてもいた。ジェリさんからなにか言われたら――なにも言われなかったとしても、それはそれでいまの俺にはキツい。

「さっきのあれ、なんだよ」

エレベーターを待っているところで、伊央が耳元でささやいた。

「は？」

なんのことを言われているのかはわかっていたが、しらばっくれた。

「浅井さんがなんにも言わなくても、僕は言うからね。なんのつもりで配信中にあんなこと言うわけ？」

「なんのつもりって……腹立つだろ、あんなの」

長い睫毛にふちどられた黒々した目に射すくめられ、思わず視線をそらした。その時点で俺の負けだった。

「僕らが怒ってないとでも思ってんの？」

あ、と思って顔をあげると、伊央の肩越しに諒太と目が合った。続いて宙也とも。

二人とも会話には参加してこなかったが、それぞれ思うところがあるのだろう。

灰人だけが心ここにあらずといったふうにあらぬほうを見て、長い手脚をぶらぶら遊ばせている。いつもそうだ。荷物は持たず身軽で、革のオペラシューズでいまにもステップを踏み出しそうな風情でいる。

「まだsisの子たちが残ってるかもしれないから、二人とも乗ってく?」

一階でエレベーターを降りると、浅井さんに引き留められた。浅井さんはまだ二十代で、いつも「モブ」に徹してるけど、俺たちにとっては頼れるアニキのような存在だ。地方出身の俺と灰人は事務所が寮として一棟借りしているマンションの一室に二人で住んでいるが、残りの三人はこれから浅井さんの運転する車で都内の実家まで送り届けられる。

俺と灰人は一瞬だけ目を合わせ、

「大丈夫っす。俺らラーメン食いに行くんで」

「宙也、シャツ洗って返す。ありがとね」

メンバーと浅井さんに別れを告げて事務所を出た。

浅井さんの予想どおり、おもてにはまだわずかばかりのsisが残っていたが、遠巻きに眺めているだけで近づいてくる様子はなかった。そちらに向かって灰人がひらひら手を振ると、きゃあっといっせいに声が上がる。

俺たちの三枚目のシングル「Hey Brother, Hi Sister」の「Hey bro!」「Hi sis!」というコールから、自然発生的に「GAME BREAKERS」の女性ファンをsisと呼ぶのが定着した。ごくわずかばかり存在する男性ファンはbro。sisともbroとも名乗りたくない人は、本来の公式ファンネーム「GAMER」を使用している。

「俺、行くわ」

灰人が言って、事務所のエントランスの階段を飛び降りた。行くってどこに？――と俺が訊ねるより先に、アロハシャツの裾をはためかせて駆け出していく。

その動作のひとつひとつが優雅なダンスのようで、観客の一人になったみたいに見惚れてしまった。灰人の手にかかれば、衣装のひらめきすら振付（コレオ）の一部になる。

呆気に取られている俺とsisを置き去りにして、ちょうど通りに入ってきたタクシーをつかまえると、灰人はあざやかに退場した。その場にいるだれもが、彼の行き先を知っていた。

生卵を投げつけられ、ライブ配信のコメント欄を荒らされておきながら、それでもミミに会いに行くのか。sisの見ている前でこんなことをやらかすなんて、「煽り」だと取られてもしかたがない。宙也のシャツだって、どうせミミに洗わせるつもりなんだろう。バッシングなどどこ吹く風の灰人を見ていると、俺たちばかり気を揉んでいるのがバカバカしくなってくる。

そこへ、地下の駐車場から浅井さんの運転する車が出てきた。ゆっくりと大通りのほうへと路地を曲がっていく。

「きた！」

「りよた乗ってる？」

「イーオ！」

スモークの貼られたワゴン車に駆け寄るsisに背を向け、俺は一人で川沿いの道を歩きはじめた。駅の向こうにある寮までは、ここから歩いて十分ぐらいの距離だ。この川沿いの道を進んでいけば、視界が開けているから後を尾けられる心配もない。

「アッキー、おやすみー！」「またねー」ぱらぱらとsisの声が追いかけてきたが、振り返りもしなかった。

「アッキーはクール系だから」

ファンに対する俺の冷淡さをフォローするために伊央が無理やりそういうキャラ付けをして、すっかり定着してしまった感がある。出待ちのsisを無視したぐらいではだれも俺を叩かないし、たまに気まぐれに応じたりすると、ぎょっとするほど大きな反応が返ってきたりもする。「ツンデレって得だよね」とそれを見て伊央は言うんだけど、「え、俺ってツンデレなんだ?」という戸惑いのほうが大きい。俺自身はそんなつもりじゃないのに、「アッキー」がどんどん一人歩きしていって、ぜんぜん知らないやつになっていくのが気持ち悪くてしかたがなかった。

俺たちはこの夏、初のアリーナツアーを控えている。ボーイズグループ戦国時代の幕開けとともにデビューし、「いまが正念場」と言われ続け、そのつもりで俺もメンバーもがむしゃらに頑張ってきたけれど、ホールの規模が大きくなるにつれてどんどん身動きが取れなくなっていって、いまでは窮屈な箱にメンバー五人ぎゅうぎゅう詰めにされている気がする。

SNSに写真を投稿しただけで、どこのブランドの服を着ているのか、どこの店で飯を食っているのか、どこのホテルに泊まっているのか一瞬で特定される。俺たちのパーソナリティや日常がパッケージングされて切り売りされ、なにがほんとうなのかわからなくなっていく。灰人を思って差し出した宙也のアロハシャツがあっというまにコンテンツと化して消費されてしまったように、配信中に灰人をかばうためにした俺の言動もいまごろどこかでだれかがおいしく貪っているんだろう。

この春、深夜枠のBLドラマで主演をつとめた灰人は、いまやちょっとした「時の人」だった。書店には灰人が表紙の雑誌がずらりと並び、SNSのフォロワー数も爆発的に伸びた。

スポットライトの数が増えれば、その分だけ影も生じる。それまでだれも注意を払っていなかったSNSの過去の投稿が掘り起こされ、「匂わせ」として検証記事が出るようになるまで、さほど時間はかからなかった。

グラスや窓に映り込んだ影が灰人のシルエットに酷似している。ミミの家のソファに灰人がよく着ているコートと同じ色のコートが引っかかっている。灰人の地元の北海道名物ばかり並んだ食卓。同じ銘柄の香水、同じ型のスニーカー、色違いのピアスとブレスレット。

写真に写ったわずかなピースを、女の側からの「匂わせ」だと断定し糾弾するSNSの投稿が急増したのは最近のことだ。世界的に活躍するダンサーのミミとの交際は、公然の秘密として古参のファンのあいだでは共有されていたはずなのに、灰人のブレイクにより状況がそれを許さなくなった。

――恋愛するなって言ってるんじゃなくて、匂わせするような女とつきあってることが許せないだけ

――女見る目なさすぎ

――リアコ売りするならワキ固めてからにしろよ

――ファンに対してあまりに無責任

――危機管理能力なさすぎ

――いまがいちばん大事なときなのになにやってんだよ

――グループのことを思ったら女といちゃついてる場合じゃなくない？

——ブレイカーズ、あとちょっとのところまできてたのに、カイトのせいでぜんぶ終わった

——メンバーに迷惑かけるぐらいならいますぐ辞めろ

——マジで害悪

マネージャーもプロデューサーも事務所の社長でさえも言わないようなことを、SNSの投稿で毎日のように見かける。いったい何様のつもりなんだろう。メンバーのだれかが恋人とおそろいのリングをしていたからって、グループになんの関係があるっていうんだよ。仮にほんとうに「匂わせ」だったからって、それがなに？　好きにさせろよ。俺たちはアーティストであって、アイドルじゃないんだから。

「くそっ」

腹立ちまぎれに川沿いの鉄柵を蹴っ飛ばしたら、思いのほか大きく響いた。外灯がぽつぽつ灯る蒸し暑い六月の夜空に、ごおおんと鉄が鳴る。ここからじゃ、ほとんど星は見えない。

どうしたらいいんだろう。

憤る気持ちがある一方で、灰人に先を行かれてしまってじりじりと焦るような気持ちになるのもまた事実だった。

「もういらない」と灰人はあっさり言って、卵で汚れたシャツを事務所のごみ箱に捨てていた。ハイブランドのシャツも降って湧いたようなブレイクも、灰人にはどうだっていいことなんだろう。ダンスとミミ。それ以外に執着するものはない。その身軽さが羨ましくも妬ましくもあった。

踊っていられればそれだけでいい——かつては俺だってそう思っていたはずなのに、いつのまにかそれだけじゃいられなくなっている。自分がほんとうはなにを望んでいるのか、自分でもこのごろよくわからない。

2

「うわ、はずれたー」

「なんで？　いいじゃん、ちゅーやん」

「そんなん言うなら、そっちのイーオと替えてよ」

「いや無理」

「ひっど。イーオ推しでもないくせに」

「だってイーオかわいいんだもん」

寮の最寄りにあるコンビニ「SUNNY'S」の自動ドアを抜けたところで、イートインスペースで騒いでいる女子二人連れの声が耳に飛び込んできた。やべ、と思って、俺は急いでキャップのつばを引き下げた。コンビニチェーン「SUNNY'S」とのコラボ企画が今日からはじまることをすっかり忘れていた。事務所の前で灰人と別れ、一人でラーメン屋に入る気になれずになんとなく立ち寄ることにしたのだが、こんなことならまっすぐ寮に帰るべきだった。

「ちゅーやんだってかっこいいじゃん。ほら見てこの筋肉。男らしいよ？」

「いや、いいわ」

「なんでだよ！」

店内のスピーカーから、三枚目のアルバムのタイトル曲でもある「Rhythm&Boys」のイントロが流れ出し、『SUNNY'S』でお買い物中のみなさん！　僕たち『GAME BREAKERS』のアルバム発売を記念して、このたび『SUNNY'S』とのコラボキャンペーンが行われることになりました！　対象商品を二つ買うと、メンバーの写真を使用したアクリルチャームがもらえます！」とキャンペーンの内容を説明する伊央の声が聞こえてくる。

ランダム型アイテム提供方式（いわゆる「ガチャ」）なので、お目当てのメンバーが一発で出るとはかぎらないから、熱心なファンは推しを引き当てるまで商品を買い続けるはめになる。コンプリートを目指すオタクはもっと大変だ。いまやあたりまえのように定着している商法だけど、つくづくあこぎなやり口だと思う。

「もういい。バイト代出たばっかりだし、こうなったらアッキー出るまで粘る！」

そう言って、二人連れの片方が勢いよく立ちあがった。まずい。よりによって俺推しだ。

そのまますぐに店を飛び出せばよかったのだが、焦るあまり店の奥のほうへ早足で進んでしまった。キャンペーンの対象商品はドリンクからガム、飴、チョコレート、ビスケット菓子、アイスキャンディと幅広い。あの女子がどちらのほうに来るか読めなくて、トイレに逃げ込もうかどうしようか迷っていると、

「こっち！」

バックヤードの扉が開いて、「SUNNY'S」のオレンジ色の制服を着たおかっぱ頭の女の子が手招きした。

「え、え、え？」

「早く！」

ひそめた声で言うと、戸惑う俺の手を引き、強引に中に引き込んだ。こんな店員、この店にいたっけ。なんとなく見たことあるような、ないような……。

「ちょ、え、なに？」

状況が呑み込めずにいる俺とはちがい彼女はいたって冷静で、ミラーガラス越しに店内の様子をうかがっている。息も触れ合うほどの距離につるりとした横顔がある。

「大丈夫、気づかれていないみたいです。あちらのお客さまが帰られたらお知らせす

るので、しばらくここにいてください」

それだけ言い残し、彼女はすぐに店内に戻っていった。

ちょっと待て。どういうことだ。混乱して頭の整理が追いつかず、まずは落ち着こうとあたりを見まわす。たった一枚ドアを隔てただけなのに、バックヤードの中は蛍光灯のワット数が急に落ちたみたいに薄暗く雑然としていた。

ひとまず、俺推しのsisに見つからなくて助かったということだけは確かだったが、手放しで喜べるような状況でもなかった。

寮の最寄りにあるこの「SUNNY'S」は、大手のコンビニチェーンにくらべるとややマイナーではあるけれど、妙に気をひく商品ラインナップで気に入っていた。俺の厨房であり食堂であり冷蔵庫でありオアシスといっても過言ではない。

レモン味のスイーツや豆乳系ドリンクなど俺好みの商品が充実している上に、なんといっても外せないのがオリジナル海苔弁当である。海苔の下に敷かれているのがおかかではなく高菜で、海苔の上に載っかっているのが白身魚フライではなくイカフライというところが俺のハートというか胃袋をわしづかみにしていた。はじめて食べたときは、メニュー開発者と固い抱擁をかわしたくなるほど感動したものだ。この春限定の筍メニューも、競合他社が土佐煮や炊き込みごはんなどのありがちなメニューでお茶を濁す中、筍のからあげに筍のバターピラフに筍のペペロンチーノといった攻めたラインナップにそれぞれたっぷり青のりをトッピングしていて最高としか言いようがなかった。もはや俺にとっては母親の次に信頼できる料理人である。

しかし、ここにきて問題が発生した。

先ほどのあの店員は、俺が「GAME BREAKERS」のメンバーだとわかった上で、バックヤードに匿ってくれたことになる。助けてもらっておきながら疑うのはなんだけれど、もしかしたら彼女自身がsisだという可能性だって否定しきれない。

アリーナツアーを控えているとはいえ、俺たちはまだ一般的にそこまで知名度があるわけではなかった。子役から活躍している諒太や絶賛ブレイク中の灰人ならまだしも、俺やメンバーの顔まで知ってる人がファン以外にそこまでいるとは思えない。あらかじめ寮の場所を探り当てておいて、最寄りのコンビニでバイトを始めるぐらい、熱烈なsisならやりかねないだろう。

現に事務所の周囲にあるコンビニの店員のほとんどが、うちの事務所に所属するアーティストのファンであることは周知の事実だ。求人広告に「みなさんよく来店されます！」という文句とともに事務所の所属アーティスト一覧が載せられていたなんて笑えない話もある。

デビューして間もないころ、事務所近くのコンビニに入ったら、計ったようなタイミングで俺たちのデビュー曲が流れ出したことがあった。その挙句、「『GAME BREAKERS』の成瀬(なるせ)愛生さんですよね？」とレジで店員に話しかけられた。ぞっとして、釣りも受け取らずに店を飛び出した。以来、事務所やスタジオにいるときはわざわざ離れた場所にあるコンビニに行くか、マネージャーの浅井さんにお使いを頼むようにしている。

「それぐらいなんだっていうの。町をあげて応援してくれてるってことじゃん。へんに意識するほうが恥ずかしいよ」

そんな俺を自意識過剰だといって伊央は笑う。

「そうそう、僕らこれから国民的スターになるんだから、いまから慣らしておいたほうがいいって！」

　子役時代から町で声をかけられることが多かったという諒太にいたっては、向こうからなんの申し出もないうちから、「いっしょに写真撮ります？」「握手しときます？」「サインは？」とみずから身を乗り出して引かれているような有様だ。

　人気商売ってそこまでしなけりゃいけないものなのか？　二人の言うとおり、俺の気にしすぎなんだろうか――いや、仮にそうだとしても、家の最寄りのコンビニぐらい気を張ることなくフラットに利用したいじゃないか。まさか最後の砦である「SUNNY'S」にも気軽に通えなくなる日がくるなんて……。

「え、だれ」

　背後で低い声がして、俺はびくりと振りかえった。

　ショルダーバッグを斜めがけにした短髪の男が、タイムカード片手にこちらを見ている。年齢は俺と変わらないか、いくらか若いぐらいだ。なにかスポーツでもしているのか、たくましい体つきをしていて一七八センチある俺とほとんど同じ位置に目線がある。この時間帯によくレジで見かける顔だった。タイムカードには「名倉祐也」

とある。

「お客さん？　勝手に入ってこられたら困るんすけど」

出勤してきたばかりなのか、タイムレコーダーにカードを差し込みながら名倉祐也が言う。

「いや、ちが……」

この状況をなんと説明したものか迷っていると、店内側からドアが開いて、先刻の店員の女の子が戻ってきた。

「お客さま、もう大丈夫ですよ——あ、祐也、ごめん、ちょっと事情があって」

「おい、店では店長代理って呼べって言っただろ」

「あ、そうだった。ごめんごめん、店長代理」

「ごめんじゃなくてすみません、だろ」

そう言って名倉祐也は、手に持っていたタイムカードで彼女の頭をぺさりと叩いた。

ずいぶん威圧的な態度だなと思って見ていると、女の子のほうはとくに気を悪くしたふうでもなく、「はーい、すみませんでしたー」とぺろりと舌を出している。

「つたく。で、なんの事情があるって?」

「いや、えっと、それは……」

わずかに言いよどむと、彼女は俺のほうをちらっと見た。

「実は、こちらのお客さまがストーカー被害に遭われていて……」


名倉祐也とシフトを交替して店から出てきた彼女は、シンプルなTシャツにジーパンとスニーカーという格好で、次に町ですれちがっても見分けられる自信がなかった。おしゃれでもなければ取り立てて美人でもなく、これといった特徴のないごくごく平凡な一般人というかんじ。

だからこそ、ぜんぜん記憶に引っかからなかったのだろう。彼女はこの春から「SUNNY'S」でアルバイトをはじめたというが、店で見かけたおぼえがなかった。失礼を承知でそのまま伝えると、「おぼえてもらえてなくて、むしろうれしいです」と予想外の答えが返ってきた。

「コンビニって、日常の風景じゃないですか。店員に個性がないぐらいがちょうどいいんですよ。お客さんのノイズにならずに、気持ちよく利用してもらえるならそれに越したことはないんで」

彼女の言葉に俺は感動した。まさに俺がコンビニに求めるところだったから。

「どうして俺が『GAME BREAKERS』のメンバーだって知ってるの？」

バックヤードを出るときに直球で訊ねたら、「どうしてもなにも……」と彼女は首を傾げ、壁に貼られたコラボキャンペーンのポスターを指差した。

「お客さん、これぐらいの時間帯によく店にいらっしゃいますよね。レモン系のスイーツとか豆乳系ドリンクとか、個人的に私が気に入っている商品をよく購入されていくから印象深くて、このポスターを見たときから、あ、あの人だって思ってたんです」

すぐに鵜呑みにしたわけではなかったが、ＭＡＸだった警戒心がそれでずいぶん引き下げられた。

お礼とお詫びをかねてなにかご馳走すると申し出たら、最初のうちは固辞していた彼女もついには根負けして、「じゃあ塩レモンクッキーとソイラテにします」と店内の棚から商品を選んだ。どちらもキャンペーンの対象商品だった。

「あっ、やった、当たりがでましたよ！」

「いや、当たりかどうかは知らんけど……」

近くの公園に移動してキャンペーンの景品の包装を剝くと、中から出てきたのは俺の全身写真を使ったアクリルチャームだった。チャームのふちに刻印されている「AKI NARUSE」の文字をたどたどしく読みあげ、「あきってどういう字を書くんですか？」と彼女が訊ねた。

「愛に生きるで愛生」

「すてきな名前」

「そうかな。ちょっと恥ずかしくない？　本名だからさすがにもう慣れたけど」

さほど広くもなければ狭すぎもしない、ブランコと砂場と滑り台だけの児童公園。毎日前を通っているのに、中に入ったのははじめてだった。時折、仕事帰りのサラリーマンが帰宅路をショートカットするために突っ切っていくぐらいで、俺たちのほかに人影はない。

「なるせのほうは、ローマは一日にして成らずのほうですか？　それとも鳴かぬなら鳴かせてみせようホトトギスのほうですか?」

「えっ、どっちがどっち? ローマは一日にしてならずってその字を当てんの?」

「だから、その字がなにかを訊いてるんですよ」

「成人の成」

「せいじんっていってもいろいろあるじゃないですか。ちがう星の人とか、聖なる人とか」

「そうかもしれないけど、なるせに当てられるのはひとつしかなくない?」

「たしかに」

そう言って彼女はけらけらと笑い、ベンチに座ったまま脚をぱたぱたと揺らした。なにからなにまで演技とは思えない自然さで、ほんとうに俺らのファンじゃないんだなとようやくそこで一抹の疑念を拭い去った。

どうやら彼女はドがつくほどの「SUNNY'S」オタクのようだ。高校を卒業してすぐ、幼なじみの名倉祐也の親が経営する「SUNNY'S」で雇ってもらったのだという。どうりでただのアルバイト同士にしては親しげな様子だったわけだ。店長代理にしては若いなと思ったが、オーナーの息子ということなら納得がいく。

「いずれは自分の店を持つのが夢で、いまは修行中の身なんです。だけど、祐也——じゃなかった店長代理には驚かれました。新人なのに俺よりコンビニのあれこれに詳しいって」

湿気を含んだ生ぬるい風が吹いて、彼女の前髪がめくれあがった。

「コンビニなんてどこ行ったたって同じだってみんな言うけど、そんなことないと私は思っていて。『SUNNY'S』は全国に千五百店舗ありますが、ひとつとして同じ店はないんです。いいかんじにまわっているお店は足を踏み入れた瞬間にわかります。空気がちがうんですよ。立地や客層に合わせてお店ごとに仕入れを変えているし、どこにどの商品を並べるか、ポップの有無、スナックの回転や油交換の頻度——そういったひとつひとつの要素がケミストリーを起こすと客足も伸びるし売上もあがる。ときには客層が変わったりすることもある。コンビニって生き物なんです」

話し出したら止まらないといったかんじに熱っぽい口調で彼女は語った。その目が外灯を受けてきらきら光っている。今夜は星が出ていないけど、こんなところに落っこちていたのか。

「なんでさっき、その、店長代理には、俺のこと正直に言わなかったの?」

「そう言っておいたほうがいいのかなって。成瀬さん、あんまり素性を知られたくなさそうに見えたから」

「よくわかったね」

「普段からレジでもあんまり目を合わさないようにしてるし、いつもキャップをかぶって人目を気にされているように見えたから。さっき声をかけるときも迷ったんですよ。もし私が成瀬さんのことを知ってるってわかったら、もうお店にきてくれなくなっちゃうかもって」

図星過ぎて返答のしようがなく、かわりに俺は「SUNNY'S」で買ってきたソイラテの残りをストローで一気に吸いあげた。いつもは気にしたこともないのに、ず、ず、とカップの底で鳴る音がやけに耳についた。

「でも、ファンの方に見つかりそうになって焦ってる成瀬さんの顔を見ていたら放っておけなくて、体が勝手に動いてました」

そう言ってにっこり笑うと、彼女もソイラテに突き刺したストローを口に含んだ。ちゅう、とかすかに音がしたけど、まったく不快じゃないどころか耳に心地いいぐらいだった。

もう遅いから家まで送っていくという申し出を、自転車だから大丈夫ですと彼女は断った。

「成瀬さんこそストーカー被害者なんですから、もうちょっとそれらしくしてくださいよ」

「それらしくってどんなだよ」

思わず笑ってしまった。彼女と話しているとそういう瞬間が何度かあった。完全に素に戻って、ただの成瀬愛生が笑っている。そういう瞬間。

「名前訊いてもいい?」

そういえば名札を見るのを忘れていたと思って別れ際に訊ねた。

「なまえ」とつぶやくと、どうしようか迷っているみたいな、微妙な間があった。

「いや、言いたくないならいいけど」

「そういうわけじゃないんですけど、だってよく行くコンビニ店員の名前をおぼえたらノイズになっちゃいますよ。いいんですか？」

「いまさらじゃない？」

「たしかに」

彼女は背筋をぴんと伸ばし、「青木マユです」と急にそこだけぎこちない発音になって名乗った。

「私のことは無視してくれてかまわないんで、これからも『SUNNY'S』には来てくださいね」

どこかのアイドルが昔言っていたようなことを言い残し、自転車に乗って軽やかにマユは去っていった。

3

――おはようアッキー！　今日も一日がんばってね！

毎朝決まった時間に同じメッセージを送ってくる「はる」というアカウントがある。一字一句同じ文面を定時に送ってくるからbotなんじゃないかと疑って、俺の写真を丸くくりぬいたアイコンをタップしてホーム画面をのぞきにいくと、「アッキーに毎日笑顔でいてもらいたいsisでGAMER #成瀬愛生 #GAME_BREAKERS」と書かれたbioの下に日々の推し活についての投稿が並んでいた。

――「SUNNY'S」のコラボ、一発で推しきた！ #日頃の行い #生きれる

日付をまたいですぐの時間帯に、アクセサリーチャームの写真が添えられた新しい投稿があった。ほんとうは金を使わせなきゃいけない立場なんだろうけれど、無駄金を使わせずに済んだとほっとする。

いつのころからか、「はる」のホーム画面をのぞきにいくのが日課になっている。フォロワー数百にも満たないアカウントで、チケットの当落や情報解禁のたびに一喜一憂している様子がつぶさに感じ取れて、胸がじわりとあったまる。この向こうに人間がいると感じさせてくれる、ちいさなつぶやきの数々。

攻撃的な投稿にばかり目がいきがちだけれど、本来は「はる」のように良心的であたたかいファンのほうが圧倒的に多いはずなのだ。にもかかわらず、気づくとまわりは敵ばかりなんじゃないかと疑心暗鬼になっている。忘れないためにも毎日「はる」に会いに行く。

会議室の外がにわかに騒がしくなって、俺はスマホをテーブルの上に伏せた。ジェリさんの到着を待っていたメンバーもそれぞれスマホやタブレットから顔をあげる。今日は月に一度の定例ミーティングだ。

「おつかれさま」

めずらしくオンタイムでやってきたジェリさんは、会議テーブルの上でゆるやかに手を組むと白い歯を見せて笑った。肩まである髪を後ろでひとくくりにし、日に焼けた肌に黒縁の眼鏡。まくりあげられた白いシャツの袖から、よく鍛えられた腕がのぞいている。いつも思うことだけど、うちの父親と同じ年代にはとても見えない。

「ジェリさん、これ」

浅井さんが差し出したタブレットに目を落とし、ジェリさんが軽くのけぞってみせた。

「すごいじゃん、ブレイカーズきてるね」

若年層向けの女性誌が毎年オンライン上で集計を取っている「イケメンランキング」の結果が先日出たばかりだった。灰人は三位に食い込み、俺と伊央と諒太の三人は三十位以内にランクインしていた。全員圏外だった去年とくらべたら大きな前進だと社長も喜んでいた。

「ここらでなにかもう一発大きなうねりが欲しいところだけど、みんなも承知のとおり、いまはヒット曲を出すのが難しい時代といわれてる。なにかで一回バズったところでそれがダイレクトに動員や売上に還元されるわけでもないし、起爆剤をしかけて一足飛びにいくって時代でもないのかもね」

タブレットの画面をスワイプしながら、なにか考え込むみたいにジェリさんは片手で顎を撫でた。

ジェリさんは伝説のダンスグループ「BREAKING」のリーダーだった人だ。現在はうちの事務所に所属するアーティストのプロデュースをいくつか兼任している。地方のクラブで歌っていたところをジェリさんに見出された女性ソロシンガーのYUANは、全国ドームツアーを回るほどのビッグアーティストにまで成長し、「現代のシンデレラストーリー」と語り草になっている。次々に人気アーティストを生み出す手腕はそれこそ魔法のようで、社長からの信頼も厚く、本格的な男性ダンスボーカルグループを手がけたいというジェリさんのたっての希望により結成されたのが俺たち「GAME BREAKERS」だ。

「まずは目の前のことをひとつひとつ、持てるだけの力を使って一〇〇%で——欲を言えば一二〇いや一二〇〇ぐらい出してもらいたいとこだけど——大事にこなしていこう。地道に積み重ねていくことができない人間はたとえどんな天才でも大成しないから」

タブレットから顔をあげると、ジェリさんは宙也のほうに目を向けた。

「いよいよ来月からツアーがはじまるな。ライブの構成はもうできてるんだっけ？」

「大枠はほぼほぼできてて、リハをやりながら細かい部分を詰めているところです」

宙也が答えているあいだに、浅井さんが再びタブレットを操作して、「セットリストです」とジェリさんに差し出した。

リーダーの樋口（ひぐち）宙也はアメリカ生まれの帰国子女で、世界的なダンスコンテストで入賞経験のあるストリートでは名の知られたダンサーだ。俺たちの世代では頭一つ抜けた実力者で、ダンスの振付や構成をメインで担当している。得意ジャンルはニュースクール・ヒップホップ。本場仕込みの英語もラップのスキルもメンバー随一だ。

「今回ちょっとコンテンポラリーの要素も入れてみたくて、灰人と相談しながら全体のバランスを見つつやってます」

そう言いながら、宙也は隣に座る灰人を指し示した。申し訳程度に灰人が首をすくめる。

母親がバレエダンサーだった橘灰人は、幼少期からバレエやジャズダンスを仕込まれて育った。ヒップホップ、ロック、ハウス——どんなジャンルも一通りこなせるが、とりわけ「美しく踊る」ことにかけて灰人の右に出る者はいない。

「これまではライブの中盤にメンバーそれぞれのソロコーナーを設けてたんですけど、今回はコラボをやってみたくて。僕と諒太は80'sのアイドルソングをカバーしたいと思ってます」

ジェリさんとまったく同じ型の黒縁眼鏡をかけた伊央がそこに割り込んだ。

事務所が運営するスクールの元・練習生だった長谷川伊央は、美少女と見まがうほどの端整なルックスに似合わず、ゴリゴリのオールドスクール・ヒップホップを得意としている。歌もラップもMCまでそつなくこなすマルチプレイヤー。

「イーオはもうっ、二十歳だっから〜♪」

マイクを握るジェスチャーをして、最年少の諒太が昔のアイドルソングの替え歌をうたいだす。ワンフレーズだけで、その場を明るい空気に染めあげる天性の歌声。

子役として幼少期から活躍していた清原諒太は、いずれは歌って踊れるアーティストになるのが夢だったそうだ。以前所属していた子役専門のプロダクションからうちの事務所に諒太が移籍したのがきっかけで、「GAME BREAKERS」のプロジェクトがはじまったと聞いている。

「いや、それはないわ」

おもてに出るときよりはるかに低いテンションで、それでも律義に伊央がツッコミを入れた。

「えーっ、面白いと思ったのにぃ」

「二十歳過ぎたら〝もう〟って全方位的に問題あるから。GAMERの平均年齢考えてもみろって。というかそもそもここにいる全員、諒太以外二十歳超えてるんよ」

最年長でダンス巧者の宙也がリーダーということになっているけれど、下から二番目の伊央が「GAME BREAKERS」のブレーンとなっているのは周知の事実だ。グループを客観視し時流を読んでどうふるまったらいいのか、次の一手をつねにだれよりも考えている。「好きな女の子のタイプは?」と大御所MCにテレビの生放送で訊かれ、「女の子とはかぎらなくないですか?」と即座に返した伊央の動画が一時期SNSでバズったことがある。カメラに向かって胸キュン台詞を求められ、「おまえのこと、好きなんだ」と往年のツンデレ王子様のような仕草でささやいた諒太に、「おまえって呼ぶのはよくないな」と横やりを入れた動画も「ブレイカーズのコンプライアンス部」と言われ評判になった。

「愛生は？　さっきからだんまりだけど。なにかやりたいこととかないの？」

笑いながらメンバーのやりとりを眺めていたジェリさんが、ふと俺のほうを向いて訊ねた。眼鏡の奥の目は柔和に細められていたが、まっすぐ返せずについ目を泳がせてしまう。

「いや、俺は、バキバキのDT（ダンストラック）さえあれば、それで……」

伊央と同じく事務所のダンススクールの練習生だった俺は、宙也や灰人にくらべたらダンスのスキルもないし、伊央のような器用さも諒太のようなスター性もないけれど、持って生まれた身体能力にだけは自信があった。ステージでアクロバットの大技を決めたときの快感に勝るものはない。

「今回のアルバムかなり攻めてるんで、ダンスのほうも攻めてくつもりなんで」

俺の言葉を引き取るようにして、宙也が身を乗り出した。

新しいアルバムはヒップホップやR&B、ジャズ、ファンク、エレクトロニックなどさまざまなジャンルを網羅しつつ洗練されたポップな仕上がりになっている。世界的なトレンドを意識しながら「GAME BREAKERS」のカラーはきっちりと打ち出し、レンジを広げつつ玄人受けも逃さないという絶妙なライン。

楽曲に関してはある程度こちらの意見も反映されるし、自作のリリックやトラックが採用されることもある。セットリストやステージ構成もメンバーに一任されている。クリエイティブの面では妥協しないという社長の意向のもと、やりたいことは存分にやらせてもらっている。売り出し中のグループとしては、かなり恵まれた環境といえるだろう。

それでも、やりたくないことをやらないでいられる自由まではない。

「はじめてのアリーナツアーだからこれまでとは勝手がちがうけど、新たな挑戦だと思ってがんばってほしい。君たちなら最高のものを作り出せると信じてる。通しリハ、楽しみにしてるよ」

満足そうに微笑むと、ジェリさんは流れるような動作でスマホのロックを解除した。

それがミーティング終了の合図だった。

「は？　おまえ、なんでもありかよ」

あずき味のソフトクリームにタピオカとひなあられをトッピングし、さらに上からきなこを振りかけると言い出した諒太にツッコんだら、

「アッキーこそ、バニラに塩レモンピールとホワイトチョコをトッピングってどんだけ安パイなの。なんの面白みもない。もうちょっと攻めていこうよ」

と諒太がすぐに言い返して、撮影クルーから笑いが起こった。

「人をつまらんやつみたいに言うなよな。諒太のそれ、攻めっていうかただのわやくちゃじゃん」

「わやくちゃ？　わやくちゃってなに？」

「……わやくちゃはわやくちゃだよ！　ニュアンスでわかれよ！」

やけになって大声を張りあげたら、めっぽうウケた。もうこの際、キレキャラで売っていくのもありかもしれない。

「清原さん、もうすこし左に寄ってもらえますか？　あ、そうそう、それぐらいで」

スタッフの指示に従いながら、ソフトクリームを片手に諒太がにっこり微笑む。ミルクティー色のふわふわしたパーマとつぶらな瞳で、仔犬を通り越してぬいぐるみのような愛らしさだ。よくやるよと内心で思いながらも、「成瀬さん、もうすこし笑顔でおねがいします」と指示され、俺もむりやり口角をつりあげた。

なんでこんなことしてるんだろう。

我に返ったら負けだとわかっているのに、そう思わずにいられない。アルバムのプロモーションのために音楽番組やラジオに出演するならわかるけど、昼の帯番組でグルメレポートをするなんて本気で意味がわからなかった。いつもならこの手の仕事は伊央が率先して買って出るところなのに、ほかの番組の収録と重なり、「これも顔と名前をおぼえてもらうためだから」という浅井さんの言葉に丸め込まれる形で、しかたなく俺が駆り出されることになった。

平日の昼下がりだったが、ロケ現場の商店街は人通りが多く、道行く人たち――特に俺らのファンってわけでもなさそうな中高年の男性までが立ち止まって、道端の猫でも撮るみたいな気安さでスマホのカメラを向けてくる。諒太の顔ぐらいは知っているかもしれないが、「GAME BREAKERS」の名前なんか知りもしないだろう人たち。

「だれ？」

「わかんないけど、新しいアイドルグループかなんかじゃない？」

「最近増えたよね、この手の子たち」

「多すぎていちいち名前おぼえてらんない」

「たいしてイケメンでもなくない？」

「とりあえず撮るだけ撮っとこ」

声のしたほうに視線をやると、それまで好き勝手にしゃべっていた主婦らしき三人連れが、スマホを構えたまま飛びあがるように身をすくめた。こういうことにもすっかり慣れて、もはやなんとも思わなくなっている。向こうがこっちのことを人間だと思っていないなら、こっちも心おきなく向こうを人間だと思わないで済む。

「僕たちの三枚目のアルバム『Rhythm&Boys』が発売になりました！」

「今回はいろいろと新しいことに挑戦させていただいて、かなり満足度の高い仕上がりになってます」

あらかじめ与えられた台詞を読みあげるだけのかんたんなお仕事。猿回しの猿にでもなった気分だ。こんなことまで一〇〇%の力であたれとジェリさんは言うんだろうか。

熱狂的なコアなファンだけを相手に活動していくアーティストというよりは、お茶の間に顔と名前を周知させ、幅広い層からの支持を得るという方針に事務所が舵をきったのはここ一年ぐらいのことだ。さしあたっての目標は紅白出場。

子役時代から引き続き、諒太は若者向けの学園ドラマや少年マンガ原作の大作映画にコンスタントに出演している。この春から伊央もゴールデンのバラエティー番組にレギュラー出演しているし、俺も事務所の先輩のバーターで出演したドラマが好評で、秋からのドラマにも出演が決まっている。

「ブレイカーズの軸はあくまでライブにある。そこだけ忘れなければ、ブレないでしょ」

タレント売りをしようとする事務所の意向に、ジェリさんはおおむね賛同しているようだ。これだけルックスのいいメンバーが揃ってるんだから、ルックスを売りにするのは当然であるという判断らしい。

あくまで裁量は個々人にあるから、やりたくないなら受けなければいいだけの話だ。実際、宙也は「チャラチャラした仕事」はいっさい拒否しているし、はなから宙也にはそのようなニーズがないと事務所のほうも判断し、無理に仕事を押しつけるようなことはなかった。

「みんなを笑顔にすることが僕のしあわせ」だと濁りのない目で言ってのけ、「笑顔の取り立て屋」の異名まで持つ諒太を見ていると、この仕事が天職なのだと思う。神さまにあらかじめ印をつけられたみたいに強靱なスターの素質。

「せっかくこの顔に生まれたんだから利用しない手はないでしょ」と言って憚らない伊央はむしろ前のめりでテレビや雑誌の仕事を受けているし、このあいだの「イケメンランキング」でも十一位にランクインしていた。灰人がブレイクするまでは、諒太の知名度と伊央の人気でグループを引っぱっていたといっても過言ではない。

灰人がどういうつもりでいるのか、ちゃんと話したことがないからわからないけれど――訊いたところでまともな答えが返ってくるとは思えないが――あんな「全身ダンサー」みたいな男をステージに立たせなくてどうするんだとドラマを観たときに思った。画面の中の灰人は、陸にあげられた魚のように不自由で息苦しそうだった。あれ以来、ドラマや映画のオファーが殺到しているらしいが、ここまできたら安売りせずにじっくり次の作品を選んだほうがいいと事務所が判断したようだ。しばらくは本業のツアーに専念したいという灰人の意向もあったのだろう。

俺だけが中途半端だった。宙也のようにきっぱり背を向けられるわけでもなく、かといって前のめりにガツガツ行けるわけでもなく、どっちつかずの宙ぶらりんな態度でなんとなくその手の仕事をこなしている。後れを取りたくないというただそれだけの理由で。

カメラに向かって胸キュン台詞を言わされたり、女子受けしそうな衣装とヘアメイクでデート風動画やグラビアなんかを撮られたりしていると、自分の体がぺらぺらにくり抜かれて透明のアクリルに封じ込められていくような気がする。音楽番組に出演したら気の利くコメントの一つでもして爪痕を残さなければならないし、大げさに表情を作り込み、好きでもない歌を口ずさんでいるふりまでしてワイプに抜かれようとする。

アイドルでもないのになんでそんなことをしなくちゃいけないんだろう。ショーケースに陳列されて勝手に順位をつけられ、飽きたらぽいと捨てられる。見世物のように扱われても笑顔をふりまいて、なんの疑問も持たない空っぽの器であることを求められる。俺は、こんなことがしたくて「GAME BREAKERS」に入ったんだっけ？

「自信作なんで、ぜひ聴いてみてくださいね！」

「来月からは初のアリーナツアーも控えています。全国十二か所をまわる予定なのでぜひチェックしてください」

「会場で待っててね！」

「え、待っててね、なの？」

急に台本にないことを諒太が言い出したので、素で訊き返してしまった。

「そりゃ、待っててね、でしょこの場合」

「こういうときって、ふつうは、お待ちしてまーす！　じゃないの？」

「でも僕らのほうから行くんだから、待っててねのほうがよりふさわしくない？」

「……たしかに？」

「というわけで、全国のみなさん」

「「会場で待っててね！」」

どうなることかと思ったが、最後はきれいに着地し、撮影クルーから拍手があがった。

タレント仕事なんてやりたくないと言うのはかんたんだけど、それでもこんなふうに与えられた枠から逸脱する瞬間があって、だからやめられないんだとも思う。

——あきりょたケミすぎやんごとなき
——二人ともいつにも増して顔面の訴求力がつよい！
——攻めのりょたと守りのアッキーｗｗｗ
——「攻めというかわやくちゃ」
——アキちゅんほんそゆとこ

──運営、カイトからアッキーに乗り換えた？　あからさまなゴリプ引くわ
──なりふりかまわなくなってきたね
──りょちゃマジ天使（定期）
日本語なのに、なにが書いてあるのかわからない。
信号待ちの隙に浅井さんから渡されたタブレットをスワイプすると、グルメレポの放送直後に番組のタグ付きで投稿されたコメントがずらりと並んでいた。テレビの画面を切り取った画像がいくつも貼りつけられていて、不思議な気持ちで俺はそれを眺める。こいつ、だれだろう。俺によく似た知らない男。
「ゴリプって、たまに見るけどなんのことですか？」
後部座席から運転席の浅井さんに訊ねると、
「ゴリゴリにプッシュされてるってこと」
隣の伊央がすかさず口を挟んだ。
「事務所が積極的に売り出そうとしているタレントのことをそう呼ぶみたいだけど、ファンが勝手に言ってるだけってパターンのほうが実は多い」

手元のスマホからは顔もあげないでつらつらと説明する。「エゴサの鬼」を自称する伊央は、空いた時間はだいたいスマホに目を落としているか、そうでなければ鏡を見ているかだ。「市場調査みたいなもので、これも仕事のうちだよ」ってことらしい。

ファンが求めているものばかり与えていたら「意外性がない」とか「媚びてる」とか言われてそっぽを向かれてしまうし、すぐに飽きられる。そうかといってニーズも考えずに自分のやりたいことばかり優先していたら、マニア受けはするかもしれないけれど地下から這いあがれずに終わる。ファンの見たいものと自分の見せたいものが近接しすぎていても乖離しすぎていてもいけない。ときには期待に応え、ときには裏切り、その落としどころを探っていくのがSNS時代のタレントの生存戦略なのだそうだ。伊央の言うことは、ときどきレベルが高すぎてついていけない。

「え、俺ゴリプなの?」

「だから！　ちゃんと話聞いてた？　ファンが勝手に言ってるだけだって！」

「あ、そういうことか。よかったー」

「よかったーじゃないよ、よかったーじゃ。ゴリプって言われたら喜ばなきゃ」

「いやでもだって、ファンが勝手に言ってるだけなんだったら、いちいちそれを真に受けるのもバカバカしくない？」

「それはそうだけど、そう見られてるってことが大事なんだよ」

「……ん？　つまり、どうゆうこと？」

「知らない！　ちょっとは自分で考えろ！」

吐き捨てるように言うと、そこで会話は終わりとばかりに伊央がついと窓の外に視線を投げた。スモークガラスを透かして見える景色は、いまにも雨が降り出しそうな鈍い光にさらされている。道行く人の足取りもどこか精彩を欠いているようだ。

今日はこれから、伊央と二人でラジオの生放送にゲスト出演することになっていた。黒いキャスケットを深くかぶり、ジェリさんとおそろいの黒縁の眼鏡をかけた伊央の横顔に、思わず俺は見入ってしまった。正面から見るよりも、横から見たときのほうが伊央の美しさは凄みを増す。はじめて出会ったころはまだあどけなさの残る面差しをしていたが、頬の肉がすっきりと削がれ、最初から完成形だったみたいにすました顔をしている。

伊央がダンスをはじめたのは、子どものころ親に連れられて行った野外のクラブイベントで「BREAKING」を見たのがきっかけだった。インタビューやライブのMC、ブログやSNSでことあるごとに語っては、「ジェリ推し」であることをアピールしている。眼鏡だけでなく、ピアスやバッグまでジェリさんと同じものを身につけている強火のガチオタとしてsisのあいだでも有名だ。うちの事務所がダンススクールを開校すると聞きつけてすぐに入校したのも、ジェリさんに直接ダンスを教えてもらえるかもしれないと思ってのことだったそうだ（実際に何度かレッスンを受けたことがあるとうれしそうに話していたことがある）。

だからこそ、「BREAKING」と同じ轍を踏むわけにはいかないという意識がだれよりも強いのかもしれない。「BREAKING」が活動していたころはまだ日本のメジャーシーンに本格的なダンスグループを受け入れる土壌ができておらず、志半ばで解散することになってしまった。どれだけスキルが高くても、どれだけかっこいいパフォーマンスをしても、観客がいなければステージに立つことはできない。「BREAKING」は早すぎたのだ。

「なに?」

視線に気づいた伊央が、鋭い目でこちらを見た。

「いや、きれいな顔してるなと思って」

「は?!」

ものすごくいやそうに顔をしかめる伊央に、俺は笑った。カメラのあるところでそう言われたら、「ありがとうございまーす!」ってかわい子ぶるくせに。

「こういうのも、だれかに見られたらBLとか言われちゃうのかな」

「いまどきこれぐらいでだれもそんなこと言わないでしょ。っていうか、愛生のそのBLの使い方微妙にまちがってるし、おもてでそういうこと言うのやめてよね。それでなくてもBL好きの人たちはお膳立てを嫌うんだから」

「えーっ、日本語難しい……」

「日本語なのか? ……まあゴリプもBLもいちおう日本語か」

ふっと伊央が笑ったのと同時に、窓ガラスに一滴、雨が落ちた。

あ、雨だ、とつぶやく間もなく、雨粒がガラスを濡らしていく。最初はひとつひとつ孤立していたものが、ところどころで合流しちいさな川となって、やがて大きなかたまりになっていく。引き込まれるようにその様子を眺めていたら、「もう着くよー」と運転席から浅井さんの声がした。


美しいものを見ると目が喜ぶ。

別にそれは人間の顔の造作にかぎったことじゃなくて、たとえば草原を駆けていく馬のたてがみだとか、古い洋館のステンドグラスだとか、白い紙にまっすぐに引かれた一本の線だとか、目にした瞬間心地よいと感じるものがきっとだれにもあるんだと思う。

永遠を思わせるような宙也の跳躍。灰人の華麗な脚さばき。諒太の目に光る星。横から伊央を見たときの、顎から耳朶にかけての清らかなライン。

はっとするようなひらめきを放つそれらのものを、できることなら俺だってずっと見ていたい。美しいものを見たいと思う人の気持ちを、だから否定するつもりなんてないんだけど。

――どうせ顔だろ。

いまでも耳に残っている刺々しい声。

あのとき、たしかに伊央にも聞こえていたはずだ。耳聡い伊央が聞き逃すはずがない。

ジェリさんの頭の中で、当初から「GAME BREAKERS」は五人組で想定されていた。すでにストリートで名を馳せていた宙也、別のオーディションでジェリさんが見つけてきた灰人、子役出身の諒太が加入することはあらかじめ確定していて、残りの二名を選ぶために内部オーディションが行われた。全国に五か所あるスクールから選りすぐりの練習生が集められ、週末ごとの一ヶ月に及ぶ審査の末、俺と伊央が選ばれることになった。

――やってらんねえ。

――スキルじゃ負けてないのに。

――結局顔じゃん。

合格者発表の後、俺と伊央だけジェリさんに呼び止められ、少し遅れてロッカー室に戻ると、数センチほど開いた扉のすきまから聞こえてきたのは落選者たちの負け惜しみの声だった。

合格者発表の場ではそれなりに祝福ムードだったのに、内心ではそんなことを思っていたのかとひどく冷静に俺はそれを受け止めた。合格者として伊央の名が呼ばれたとき、俺もまったく同じことを思ったからだった。たしかに伊央は器用でなんでもこなすけれど、全国から集められた実力と才能と野心にあふれた精鋭の中で、特別に秀でるものがあるとしたら顔だけだった。

「入んないの？」

後ろから声をかけられて振り返ると、つるりと白い顔をした伊央が立っていた。なぜか咎められているような気になって、まっすぐ顔が見られなかった。

「あ、いや」

俺がためらっていると、「おつかれー！」と声を張りあげ、さっさと伊央が中に入っていった。ざわついていたロッカー室が一瞬だけ静まり、すぐに「おめでとー」「がんばれよ」という声が返ってきた。彼らのほとんどが、そのあとスクールを辞めてしまったと聞いている。

あのときのことを、最近なにかにつけて思い出す。あいつらが言っていたのは伊央のことだとばかり思っていたけれど、もしかしたらそこに俺も含まれていたんじゃないかって。

俺だって、そこまでうぶじゃない。

おもてに出る仕事をする以上、一定の線引きは絶対にあるはずで、それがどんな基準によってなされているかなんて、よっぽど鈍いやつでないかぎりみんな知ってる。だからといって、顔がいいだけでやっていけるほど甘い世界じゃないってことも。

「GAME BREAKERS」が陰で「顔選抜」と言われていることを知ったのは、デビューしてしばらく経ってからのことだった。俺たちのことを「ただのイケメン」と見なし軽く扱うことで、上に立とうとするやつらは老若男女関係なくどこにでもいた。あまりにもルックス先行のグループのように言われてしまうので、逆らうように宙也の振付がどんどん先鋭化されて難易度を増し、残りのメンバーも必死に食らいついていく。俺たちは顔だけじゃないんだと証明するみたいに。

美しいものを見たら目が喜ぶ。だれだってそうだ。

なのにどうして、こんな後ろめたい気持ちにならなきゃいけないんだろう。

「イケメン」と呼ばれるたびにどんどん自分の顔が嫌いになっていく。「イヤミになるからおもてでは言うな」ってきっと伊央は言うんだろうけれど。

4

宵の口からスコールのように降り出した雨は、リハーサルスタジオを出るころには勢いを失い、さらさらと流れるこまかな雨に変わっていた。

さすがに今日は出待ちする sis の姿もなく、「雨に唄えば」でも聞こえてきそうな軽やかなステップで、灰人は恋人のもとへと去っていった。

スタジオの前で灰人と別れた俺は、水たまりを飛び越え、傘も差さずに一人で川沿いの道を歩いた。灰人の浮かれたステップが心なしか俺にも伝染しているようだった。

「いらっしゃいませ！」

店内に足を踏み入れた瞬間、鈴のように鳴る声に迎え入れられ、軽いめまいをおぼえた。時刻は21：51。よかった、今日はマユの顔が見られた。雨の中、暗い夜道を歩いてきたせいか、「SUNNY'S」の蛍光灯がひときわ明るく感じられる。

バックヤードに匿ってもらったあの翌日、面映ゆさをおぼえながらも仕事帰りに「SUNNY'S」に立ち寄ると、「いらっしゃいませ！」と言ったきり、冷蔵ショーケースの前で品出しをしていたマユはこちらを見ようともしなかった。あくまで客と店員との一線を守ろうとでもしているみたいに。コンビニ店員としての矜持にしびれると同時に、少しぐらい特別扱いしてくれたってかまわないのにともどかしさをおぼえ、「昨日はどうも」と俺のほうから話しかけた。

「成瀬さん！　またいらしてくださったんですね！」

そのときの彼女の笑顔が忘れられない。本心から俺の来店を待ちわびていたような、まぶしいばかりの笑顔。夜でも太陽が出ることがあるんだとその瞬間、俺は思った。

それからというもの、毎日「SUNNY'S」に通い詰めるようになった。マユのシフトは昼過ぎから夜十時までのことが多く、スケジュールが押して時間に間に合わない日はそれだけでへこんだ。早番や休みの日もあるから、仕事を早く上がったとしても必ず会えるとはかぎらない。

「今日は早いですね」

「レモン味の新商品出てますよ」

「コラボキャンペーン、好調ですよ」

ただの客から常連客に格上げされたぐらいでこれといって特別なことがあるわけでもないのだが、仕事帰りに「SUNNY'S」で彼女とちょっとした会話をかわすのが楽しみになっていた。それがないと一日が終わった気がしないのだ。サウナの後に水風呂に入らなかったみたいな、飲んだ後に〆のラーメンを食べなかったみたいな物足りなさが後をひく。コンビニ店員には個性がないほうがいいと思っていた過去の自分を殴り倒したいくらいだ。

レジで接客中のマユを横目に、俺は弁当コーナーに向かった。休憩時間にケータリングの弁当は食っていたが、すでに腹が減っていた。食っても食っても踊るそばから消費されてしまう。自分でも燃費の悪い体だと思う。

レジのほうから楽しげな笑い声が聞こえてきて、つい意識を引っぱられる。この時間帯によく見かけるサラリーマンっぽい男がなにごとか、熱心にマユに話しかけているところだった。俺に向けるのとなんら変わらない笑顔で対応しているマユを見て、なんとなく面白くない気持ちになる。

顔が見たい。声が聞きたい。もっと近づきたい。自分だけに特別な笑顔を向けてほしい――。

俺たちのファンもこんな気持ちでいるんだろうか。ふと、そんなことを思ってなんだか身につまされた。ひと目でも顔が見たいと、暗くなるまで俺たちが出てくるのを待っているsisたち。ステージにいる俺たちの一挙手一投足にぎゅっと集中して、飛び跳ねんばかりに喜ぶ客席の顔、顔、顔。ガチャで推しを引いただけで「生きれる」とまで言い切ってしまえる思いの強さ。

あざやかに生活を彩り、生きる張り合いになるようななにか。そういうものをみんな「推し」と呼んでいるのかもしれない。

「すいません、今日、お弁当ほとんど残ってなくて……」

がらんとした冷蔵ショーケースの前に立ち尽くしていると、後ろから声をかけられた。申し訳なさそうに眉を寄せて、マユが近づいてくる。

「近所に住んでいる漫画家さんが、修羅場だとかいってさっきごっそり買い占めていかれて……」

「え、あ、そうなんだ。……じゃあ、ラーメンでも食いにいくかな」

思いつきで口走っただけだったが、「ラーメン」という語句を耳にした瞬間、マユの目がきらりと光った。

「いいなあラーメン、食べたくなってきちゃった」

「いっしょに行く?」

するりと口をついて出てきた言葉に自分で驚いた。いいのか、俺。こんな気軽に女の子を誘っちゃって。

「私もうすぐシフトあがるんで、公園で待っててください」

ちょうどそこへ、店長代理の名倉祐也がバックヤードから出てきたので、俺たちは目配せだけしていったん解散した。

雨の予報だったから今日は自転車じゃないんです、と言ってマユが開いた傘の中は、内側が青空になっていた。「雨の日でもこうすれば、晴れの日みたいでしょう?」とそれこそ太陽みたいな笑顔を見せる。

「なるほど、『SUNNY』だ」

かがむように傘の中に入り、俺はちいさな青空を見上げた。

「上手いこと言いますね」

「そうでもなくない?」

「お世辞に決まってるじゃないですか」

「くっそ」

肩と肩をぶつけあって、二人で笑う。女の子と二人でいるところ(しかも相合傘)をだれかに見られたりしないかと気が気じゃなかったが、むしろ外からの視線を遮断するシェルターになってちょうどいいかもしれなかった。

「このお店、一度きてみたかったんですよね。一人だと入りづらくて」

灰人と二人でよく行くラーメン屋にマユを連れていくと、うれしそうに飛びあがった。その拍子に、傘の先が俺の肩に軽く触れる。カウンターだけの細長い店内は満席で、おもてでそのまま待つことにした。けものくさいスープのにおいが雨のにおいを一瞬でかき消していく。

「女の子一人だと、やっぱりラーメン屋って入りづらいんだ？」

「いえ、ふつうのお店なら一人でもぜんぜん入れるんですけど……」

そう言ってマユは、店の入り口にかかっていた藍染めの「男湯」というのれんを指差した。

「こういうの見ちゃうと、あ、女は客と思われてないんだなって勝手にこっちのほうで気が引けちゃうっていうか」

「考えすぎじゃない？」

俺は笑った。いままで気にしたこともなかったが、ちょっとしたジョークの意味でもあり、男性向けの脂とにんにくを効かせたがっつり豚骨醤油の店だというアナウンスでもあるのだろう。しかし、口角をちょっと持ちあげたぐらいで、マユの表情は固いままだった。

「コンビニの商品にもけっこうあるんですよ、こういうの。男盛りプリンだとか、男専用ラーメンだとか。気にせず買っていかれる女性もいますけど、わざわざ『男』をつける意味ってなんなんだろうってつい思っちゃうんですよね。考えすぎと言われればそのとおりなんですけど」

「ああ、あるね。俺もあの手の商品は買いづらいかも」

「そうなんですか?」

「だって、あんな雄々しいかんじのフォントでこれみよがしに『男』って書かれてたら、どうしたって選ばれた男しか手に取れないかんじあるよ」

「なんですか、その選ばれた男って」くすくすとマユが笑う。

「選ばれた男っていうか、いかにも男らしい、男の中の男っていうか」調子に乗って俺も言葉をかさねる。

「むきむきで、眉毛もごん太で、漢字の漢って書くかんじの?」

「そうそう」

実際、あの手の商品は質より量というかんじのものが多く、安価だけど大味で、俺の好みではなかった。多少値は張っても、有名なパティシエが監修した繊細なコンビニスイーツのほうがずっといい。

「そっか、男の人でも手に取りづらかったりするんですね。だったらなおさら、なんでわざわざ『男』なんて書くんだろうって気はしますけどね。開発者に訊いてみたい」

日に焼けて色褪せた藍色の「男湯」ののれんの前で、マユが首を傾げる。のれん越しに見える店内には男性客しかいない。そう言われてみれば、この店で女性の一人客を見かけたおぼえがなかった。

俺はなにか大きな勘違いをしているのかもしれない。マユが考えすぎというわけじゃなくて、俺が男だから考えないでいられるだけで——。

一年前、ライブの最中になんの気なく俺が漏らした一言が、sis のあいだで炎上したことがあった。

「今日は男性のお客さんが多くてうれしいですね」

いつもだったら観客の一％そこらしかいない男性客が五％ぐらいいた。その事実を告げただけだったのに。

――客席のほとんどを女が占める場所でよくあんなこと言えたね？

――同じお金払ってるのに女は疎外されているみたいでつらい

――男に支持されてこそ「本物」って感覚でいるのかな

――くやしくてかなしくてねむれない

彼女たちがなにをそんなに怒っているのか、まったくわからなかった。男に認められれば、男性ファンが増えれば、ちゃんと本質を見て評価してもらえる――そう思っていたことは否定できないが、たったこれぐらいのことで？　ほとんど言いがかりじゃないかとさえ思った。

ちょうどその時期、キャパ三百人ぐらいのハコで男性限定イベントをやろうという企画が持ちあがっていたが、その一件もあって見送ることになった。

「いまどきそういうのは、ちょっとどうなの」とまず伊央が言い出して、「タイミングじゃないかもね」と浅井さんも同意した。

伊央の言うことが絶対というわけではないけれど、だれか一人でもやりたくないメンバーがいれば無理強いしないのが俺たちのルールだった。多数決は民主主義じゃないってのがその理由。まあ、これもジェリさんの受け売りだけど。

伊央や浅井さんが言うならそれが正しいんだろう。実際にこれだけsisが怒っているのだ。間違っているのは俺のほうなんだろう。そう思うのに、なんとなく釈然としない気持ちがわだかまった。

「Hey bro!」とコールをかければ、混じりっけなしのゴリッとした低い声が返ってくる。一度でいいからあの感覚にどっぷり身をまかせてみたかった。男がかっこいいと思うような男になりたかった。それが悪いことだなんていまでも思ってはいないが、どうして女じゃなくて男なのか、「男」と限定せずにいられないのか、改めて自分に問うてみても、もっともらしい答えは見つからなかった。

俺が勝手にそう思い込んでいただけだ。男にならわかってもらえる、女はどうせ顔しか見ていないって。

「ごめん、俺なんにもわかってなかったわ」

絞り出すように言うと、驚いたようにマユがこちらを振り返った。

「なんで成瀬さんが謝るんですか。いいんですよ、そういう商品は仕入れなければいいだけですし、それにほら、別に女だからって入店拒否されてるわけじゃないし！こうなったら男前ラーメンいっちゃおうかな！　普通のラーメンの一・五倍ですって！」

奥の席が空いたのを確認して、マユは券売機に千円札を滑り込ませた。

「こういうの、つい連打しちゃうんですよね」と言いながら「男前ラーメン」のボタンを連打する。短く切りそろえられた爪は、ネイルもなにも塗られていないのにぴかぴか光っている。芸能界にいるきれいで華やかな女の子たちとはなにもかもちがうのに、どういうわけだか俺にはマユだけが光って見える。

「ラーメン、奢るつもりだったのに」

財布を開きながら言うと、券売機の前でマユが飛びあがった。

「えっ、奢ってもらう理由がないですよ！」

反応がいちいちヴィヴィッドで、うれしくなってしまう。気を遣ってそうしてくれてるんだということが伝わってきて。

「理由がないと奢っちゃだめなの？」

「だめですね！」

俺は笑って、自分の分の「男前ラーメン」の券を購入した。大盛りにしようか一瞬迷い、日和って並盛りを連打する。

男の胃にもずしりとくるような「男前ラーメン」を、マユは涼しい顔してぺろりと汁まで飲み干していた。


ラーメン屋を出るころにはほとんど雨は上がっていたけれど、傘を開いてマユは俺を招き入れた。今日こそ家まで送ると申し出たら、じゃあ近くまで、とあっさりマユは了承した。

「やっぱり最近のトレンドは魚介をがっつり効かせたこってり系なんですかねえ。個人的にはもうちょっとあっさりしてるぐらいが好みなんですけど」

白湯ラーメンはすっかり定番化したようでありがたい、最近は原点回帰で中華そばも静かなブームだ、しかしミーハーなようで恥ずかしいがやはりいまのマイブームは貝だし系ラーメンである……等々、道すがらにマユはべらべらとラーメン談義を続けた。

まさかここまでのラーメン通とは思っていなかった。早口にまくしたてる口調は完全にオタクのものだ。これだけ詳しかったら、そりゃあ「男湯」ののれんに文句のひとつも言いたくなるだろう。

「GAME BREAKERS」のファンブログの中にも、ダンスや音楽の専門的な分析や詳細なライブレポなど、読み応えのある記事が上がっているのをたまに見かける。書き手のほとんどは女性で、なんだかむきになっているように俺には思えた。顔だけで好きになったわけじゃない、ミーハーなだけのファンじゃないとことさらに言い訳しているみたいだと。

「ちょっと身構えすぎなんじゃないかな」

いつだったか、ジェリさんに言われたことがある。

「愛生は自分を解放するのも、他人に向かって心を開くのも苦手だよね。いつもどこか居心地が悪そうなかんじで全方位に向かって神経を張りつめていて……それは愛生の個性だし、若者特有のナイーブな魅力でもあるんだけど、それにしたってあまりにも閉じてる」

あのときはジェリさんの言わんとしているところがいまいち呑み込めなかったけれど、いまなら少しだけわかる気がする。

青空の傘の下で、すくめた首をまわすと骨の鳴る音がした。マユが傘の柄を持つと俺には窮屈だし、俺が持つと傘の位置が高くなってマユの肩が濡れてしまう。だれかとひとつの傘に入るというのはそういうことだ。これまで俺は、そんなことにも目を配ろうとしていなかった。

「すいません、なんだか私ばっかりしゃべっちゃって」

どこまでも続くように思われたおしゃべりを中断し、マユが頭を下げた。「ラーメンのことになると自分が抑えきれなくなってよく引かれちゃうんですよね」と苦笑する。

「なんで謝るの？　面白いのに」

「男の人って女がラーメンに詳しいだけで引くじゃないですか。ラーメンに限らず、どんなことでも俺のほうが詳しいってかんじにマウント取ってこようとするし……」

男の人、というところでこめかみがぴくりと反応した。こんなとき伊央だったら「主語がでかい」と一刀両断するんだろうけれど、そんなことよりも俺は、他の男にもこんなふうにラーメン談義を聞かせたのかということのほうが気にかかった。それってあの店長代理？　それともあのサラリーマン？　もしかして店によくくるとかいう近所の漫画家？　訊きたくても訊けずにいると、「成瀬さんはなにか趣味とかないんですか？」とマユに訊かれた。

「うーん、これといって思いつかないな。メンバーはオンラインゲームにハマってるけど、俺はそんなにやらないし。敢えて挙げるとするならダンス……？　趣味っていうか仕事になっちゃってるけど」

「推しのダンサーさんとかはいるんですか？」

「推し……」

ぱっと頭に浮かんだのは、「BREAKING」時代のジェリさんが開いた傘を片手に踊る姿だった。オーバーサイズのスーツを着て、ミディアムテンポのR&Bに合わせてゆったりとステップを踏む姿がいまも目に焼きついている。男も女も関係なく魅了する、大人の余裕と色香。

伊央と同じで、俺も「BREAKING」を見てダンスをはじめたクチだった。数えるほどしかない「BREAKING」のテレビ出演をたまたま目にしたことで、一人の少年の人生が大きくくるってしまった――なんてエピソードトークとしてはできすぎてるから、なんとなく公言は控えている。伊央に遠慮してというわけでもないが、俺の性格的にこんな暑苦しい思い入れを知られてしまったらジェリさんとまともに話せなくなるという危惧もあった。

「難儀な性格ですね」とマユはおかしそうに笑った。「ジェリさんのダンスの、どんなところが好きなんですか?」

左手をひらりと傘の外に出して、「てのひらが」と俺は言った。

「え?」

傘を少し持ちあげるようにして、マユが俺の左手を目で追いかける。

「てのひらがさ、こう、上から下に向かってひらっとするだけで、魂ぜんぶ持っていかれたみたいになったんだ。いや、そんな見ないで。こんなのぜんぜん、一%も再現できてない」

スキルを見せつけたいとか見る者を圧倒したいとか自分を良く見せたいとか人から好かれたいとか。ダンスにかぎったことじゃない。あらゆる表現活動についてまわる欲望、そういった気負いとか独特の臭みみたいなものが魅力になる人もいるんだろうけれど、ジェリさんはそういうものをいっさい寄せつけずにただ無心で踊っているように見えた。空を流れていく雲や清らかな川の流れを見ているようで、目が離せなかった。俺もあの美しく光るものになりたいと思った。

「俺なんてまだぜんぜんあの境地には達してないけど、ステージの上で踊ってると、ごくまれにそうなれてるかもと錯覚する瞬間があって、いや、そう思った時点でぜんぜん達せてないんだけど、でもたぶん俺はあの瞬間のために踊ってるんじゃないかって——」

傘の先から落ちた雨粒が頰を濡らし、俺ははっとした。気づいたら俺もマユと同じぐらいの勢いでべらべらまくしたてていた。

「ごめん、俺もしゃべりすぎた」

「そんなことないですよ。成瀬さんのダンス、見てみたいって思いました」

「見にきてよ。もうすぐツアーはじまるし、招待するから」

「そんな、悪いですよ」

「大丈夫、チケット余ってるから。八月の最初の日曜日、オーラスだから空けといて」

嘘だった。ファンクラブの先行だけで東京の二日間はほぼ埋まったと聞いている。それでもいまから浅井さんに頼んでおけば、関係者席ひとつぐらいは確保できるだろう。

「見にきてもらいたいんだ、君に」

「…………」

それまで打てば響くみたいに答えが返ってきていたのに、急にフリーズしてしまったみたいに黙り込んでしまった。いきなり距離を詰めすぎてしまっただろうか。不安になってマユの横顔を覗き込むと、なにかを考え込むみたいにまっすぐ前を見て機械的に足を動かしている。奢ってもらう理由がないと言ってラーメンすら拒否するぐらいだ。不要に他人に借りを作りたくないのかもしれない。ときどき彼女はこういう不思議なテンポ感を見せることがあって、振りまわされるばかりだった。

「八月ですね、たのしみにしています！」

しばしの沈黙ののち、青空の下に満開の笑顔が開いた。

たちまち俺は舞いあがるような気持ちになった。いまなら「SUNNY」をテーマに即興のダンスでもラップでもできそうだった。

5

ツアーのリハーサルの合間に、プロモーションやドラマ、バラエティ番組に雑誌の取材、コメント撮りや各種打ち合わせ等々をちぎっては投げるかのようにこなす日々が続いた。空き時間を見つけてはＳＮＳやブログの更新をしたり、アンケートを書かされたり、ファンクラブ用の動画を撮ったりとつねにやることが押し寄せてくる状態で、酸欠の金魚みたいにあっぷあっぷしてるのは俺だけじゃなかったはずだ。

露出が増えるにつれ、SNSのフォロワー数も伸び、出待ちのsisの数も目に見えて増えていった。デビューしたばかりのころは両手で足りるほどの人数しかいなかったが、いまでは事務所周辺に広範囲に散らばっていて、ぱっと見ただけじゃ数えきれない。「近隣の住人からクレームがきてるから、そろそろキツめに注意喚起しないとなあ」と浅井さんがぼやいていた。

うっとうしいばかりだと思っていたが、いずれこの光景も見納めになるのかと思ったら、なんだか彼女たちが気の毒に思えた。褒められたことではないけれど、たった一瞬の逢瀬のために何時間でも路上に立ち続ける情熱を思うと、俺なんかのためになんでそこまでと気が引けると同時に、こちらの度量を試されているような気にもなる。

「――ッス」

ある日、ぺこんと首を折るように形ばかりの会釈をしたら、出待ちのsisから凄まじい悲鳴があがった。

「アッキーが、アッキーがこっち見た！」

泣き叫んでその場にくずおれる子までいた。

「すごい、スターだ」

隣で諒太が目をまるくし、

「めずらし。いったいどういう風の吹きまわしだよ」

と伊央がいぶかしげな顔をする。

「なにが？　これぐらいふつうだろ」

照れくささからすっとぼけてみせると、「よく言う！」とその場で伊央が飛び跳ねた。

ツアー初日を翌週に控えた平日の昼過ぎ、三人そろって雑誌の取材を終えた俺たちは事務所を出てそのままスタジオに移動するところだった。宙也と灰人は朝からスタジオに入っていて、ステージ構成の最終調整を行っている。このところ宙也以外は個人の仕事が詰まっていて、メンバー五人そろってスタジオに入るのは久しぶりだった。

――おはようアッキー！　今日も一日がんばってね！

リハ着に着替え、ストレッチを終えてからスマホを開くと、いつもの時間に「はる」からのメッセージが入っていた。習い性でアイコンをタップし、ホームに移動する。それまで気にしたこともなかったが、ホームのヘッダーに青空の写真が使われていることに気づいてどきりとした。まさかな、とすぐにその思いつきを否定し、いちばん新しい投稿に目を移す。

――やばい体重計が前代未聞の数字を叩き出してるオーラスまでに痩せねば🔥#目指せ小顔#いちばんきれいな私で会いに行く

ふっと息を漏らすと、スタジオの床に座り込んで股関節のストレッチをしていた伊央が「なにニヤニヤしてんの?」と目ざとく顔をあげた。

「なんでもない」

鏡越しに肩をすくめるようなアイソレーションをしてみせる。たまたま青空がかぶったぐらいでなんだっていうんだ。マユと「はる」が同一人物だなんて、そんなバカげたことがあるはずないじゃないか。

「はーい、そんじゃいっぺん頭から通しでお願いしまーす」

スタジオの隅でスタッフと話し込んでいた宙也が手を叩いて号令をかけ、メンバー五人がそれぞれの立ち位置についた。

合図とともにスピーカーからオープニングのSEが流れ出す。SEが終わった瞬間、バックライトに照らされて俺たち五人のシルエットが舞台上に浮かびあがるという演出をスタジオで再現するのは少々気恥ずかしさがあったが、鏡の前でポージングに余念のない伊央はさすがとしか言いようがなかった。

一曲目はアルバムのタイトル曲でもある「Rhythm&Boys」。オーセンティックなR&Bで、メンバーのあいだでもとくに評判が高い。少年から大人へ移行する途中のアンバランスな色気のある諒太のハイトーンボイスが絶妙にハマッていて、「ずっとこういう曲がやりたかった」とまで言った灰人がメインで振付を担当している。曲線的な動きの多い大人っぽい振付で、平均年齢二十一歳の俺らが踊ると未熟さや荒々しさが目につきやすい難曲だった。

「やめ！　ちょ、音楽止めて！」

曲の途中で宙也の怒声がスタジオに響いた。鏡越しに残りの四人が目を見かわす。

理由は俺たちがいちばんよくわかっていた。

「ひっでえな、タコ踊りかよ」

肩までまくりあげたTシャツの袖で額を拭いながら、吐き捨てるように宙也が言う。

短く刈り込んだ金色の髪が汗で光っている。

「こんな状態でジェリさんに見せられると思ってんの？　通しリハ、明後日だよ？」

なにも言い返せなかった。音に合わせてただ振りを踊っているだけで、とても踊りこなしているとはいえない状態だった。グループの新たな一面を見せつけるため、オープニングにこの曲を選んだ宙也の意図が理解できるだけに、不甲斐なさと面目なさばかりがつのる。バシッと決まりさえすれば、これ以上なくかっこいいオープニングになるだろう。

「忙しいのはわかるけど、パフォーマンスのクォリティを下げるとかありえないだろ。こんなあたりまえのこと、言わなきゃわかんない？」

宙也の声がヒートアップしていく。だれかが止めてやらなきゃ宙也も引くに引けないとわかっているのに、喉の奥に丸めたタオルでも押し込まれたみたいに声が出ない。

「なんか勘違いしてんじゃねえの？　アイドルじゃあるまいし、テレビに出て女に愛想ふりまいてキャーキャー言われるのがおまえらの仕事かよ。どっち向いてやるのか、見誤ったらそこでおしまいじゃね？」

「宙也」

それ以上はやめろと牽制するように灰人が声を発した。いまここで口を出せるのは灰人だけだった。振付を担当しただけあって、灰人の「Rhythm&Boys」は完璧だった。

「三十分で全員仕上げて」

鏡越しに灰人を睨みつけると、宙也はそのままスタジオを出ていった。

王子様系のカイト、クール系イケメンのアッキー、正統派美少年のイーオ、かわいい系男子のりよた。いかつい見た目のちゅーやんはその中では異質で、悪くはないけどほかのメンバーとくらべると背も高くないし、見劣りがする。「イケメンランキング」に宙也がランクインすることはないし、ガチャで宙也が出れば「はずれ」と見なされる。ただし、メンバーのだれかとカップリングされるときだけ急に輝きを増す。

いつのまにかそういうことになっていて、俺たちも甘んじて受け入れているようなところがあった。

「どうせみんな顔ばかり見て、ダンスなんかろくに見てないし」

そう嘯きながらストイックにパフォーマンスに磨きをかける宙也を、俺たちは心から尊敬していたし頼りにもしていた。宙也がいてくれるからこそ、イケメン扱いされても恥じることなく胸を張っていられる。宙也こそが「GAME BREAKERS」の魂だった。

だからこそ、あんなことを宙也に言わせてはいけなかった。たるんでる。調子に乗ってる。チャラチャラしてんじゃやねえ。どんな言葉を投げられたとしても、俺たちには言い返せなかった。けれど、それでいちばん食らうのはおそらく宙也自身だった。

ストリート上がりで見た目こそいかついけれど、宙也はパワーでゴリゴリ押していくタイプではない。軽快で洗練されたダンスは、そのまま宙也の人となりを表しているようでもあった。率直でシンプル。だけど繊細。

アイドルだとかアーティストだとか、いまどきそんなカテゴライズはナンセンスだし、観客がそれぞれ決めることであって俺たちが決めることでもないのかもしれない。それでも、「俺たちはアイドルじゃない」――その言い訳があるからこそ、ここまでやってこられたのもたしかだった。

結局その日はステージ構成とフォーメーションの確認に終始し、メンバー全員でスタジオに居残ってダンスのブラッシュアップに取りかかった。宙也はもう怒鳴らなかったし、俺たちもたるんだ姿を見せまいと一瞬だって気を抜かなかった。スタジオを出るころには全員疲れ果てていて、さすがに今日は灰人もミミのところへ行く気にならなかったのか、浅井さんに車で寮まで送ってもらっていた。

メンバーを乗せたワゴン車を見送ってから、俺はスマホの画面に目を落とした。21：45。急げばマユがシフトを上がる前に「SUNNY'S」に滑り込める時間だ。

「愛生、どっか行くの？」

オートロックのドアを抜けたところで、灰人が振り返った。

「ん、ちょっとコンビニ」後ろめたくて、なんとなく目をそらした。「なんかいるもんあったら買ってくるけど」いっしょに行くと言い出されてもかなわないので、急いで予防線まで張ってしまう。

「………」

なにか言いたげな顔で灰人はしばらくこちらを見ていたが、「んー、いいや」とひらひらと手を振り、ドアの向こうに吸い込まれていった。

どうしてこんなに心が逸るのか、自分でもわからない。考えるより先に体が求めている。マユの顔を見てひとときの安らぎを得たかった。一瞬でも仕事のことを忘れ、幸福な気分に浸りたい。その一心でほとんど駆け足になって、住宅街のゆるやかな坂を下っていく。今日は一度も雨が降っていないはずなのに、雨の気配だけがあたり一帯に重たくたれこめていて、少し走っただけで汗と湿気でTシャツが肌に貼りついた。

「いらっしゃいませ」

店内にマユの姿はなく、「またおまえか」と言わんばかりの不愛想な顔で名倉祐也が俺を迎え入れた。

今日はマユがシフトに入っていない日だったようだ。汗ばんだ肌を冷房の風が急速に冷やしていく。目についたおにぎりやパック飲料をかごに放り込みながら、なぜか俺はほっとしていた。マユの顔を見てマユと言葉をかわし、癒されたり安らぎを得たりしていたら、本業もまともにこなせていないくせにと自己嫌悪で眠れなかっただろうから。

梅雨が明け、本格的な夏がやってくるのと同時に「GAME BREAKERS」の全国ツアーが幕を開けた。初日の札幌は灰人の地元ということもあり盛況で、危惧していたような灰人へのブーイングや攻撃的なメッセージボードが掲げられることもなく、快調なスタートが切れたとメンバー全員が満足していた。

はじめての単独アリーナツアーだと頭ではわかっていたけれど、実際にその場に立つまではあんな景色が広がっているなんて想像もしていなかった。一万人の観客で埋まった客席。一万人の熱量と歓声。やばい。やばいやばいやばい。五人ともそれしか語彙がなくなってしまったみたいに、ライブが終わってからも口々に叫んでいた。

今回のアルバムで一曲だけ俺が振付を担当した曲がある。「この曲の振付、やってみる?」と宙也に振られ、「やりたい!」と飛びついた。ファンキーなブレイクビーツのトラックで、スキルを見せつけるような複雑な振りにすることもできたが、会場一体となって盛りあがるためにサビの部分だけ敢えてシンプルにした。頭の上で交互に手を振るコミカルな振りを、観客がいっせいに真似して踊っているのが目に入って、不覚にもステージの上で泣きそうになった。

ああ、この景色だ。この景色がいつだって俺を奮い立たせる。

ライブに勝るものはない。これのために生きている。メンバー全員が口をそろえて言う。このステージに帰ってくるために俺たちの毎日があるのだ、と。

日頃もやもやと考えていることがすべて吹っ飛んで、スポットライトと歓声、それからビート、ビート、ビートで埋め尽くされる。

口下手で自己表現が不得手な俺にとって、ダンスはコミュニケーションの手段だ。踊っているときだけは自由自在でいられる。俺が生きていること、俺がいまここに存在していることをトップスピードで届けられる唯一の方法。大勢の観衆の前でパフォーマンスするのはこれ以上ないほどのカタルシスだった。

6

ツアー開始と前後して、秋からのドラマがクランクインした。

少女マンガを原作にした深夜枠のドラマで、血の繋がらない姉と弟の〝禁断の〟ラブコメディ。俺はヒロインに横恋慕する同級生の役を演じる。低予算ではあるが、駆け出しの俳優や新進気鋭の演出家が顔をそろえる現場は、熱量が高く刺激に満ちていた。

「個人の仕事のときも『GAME BREAKERS』の看板を背負っているつもりでやってます。個人で活動することによって、それがグループに還元されたらいいなと思って」

インタビューでくりかえし語った言葉に嘘はないけれど、でもそれだけでもない。おそらく灰人も伊央も諒太も同じ気持ちのはずだ。チャラチャラした仕事には、チャラチャラした仕事なりの面白さややり甲斐があった。

週末はほとんど地方で、ライブの合間に地元メディアの取材や出演依頼をこなしたり、ＣＤショップを巡回したりと分刻みのスケジュールでメンバー全員が稼働していた。東京に戻ってきてもドラマの撮影が深夜まで及ぶこともあり、マユに会えない日が続いた。

仕事に集中しているときは忘れていられても、移動中に「SUNNY'S」の看板が目に入ったりするともうだめだった。日本中、どこに行っても支店があって、完全には忘れさせてくれない。ロードサイドの「SUNNY'S」が瞬時に俺をマユへと引き戻す。するとたちまち、ざわざわと焦れったいような感覚が肌を舐め、会いたさがつのってそれしか考えられなくなった。

七月の終わり、大阪での２ＤＡＹＳを控えた前日、近畿地方で大きなシェアを誇る情報誌の取材を受けるため、俺たちは大阪に前乗りした。カラー四ページに及ぶ特集で、大阪の有名なスポットで撮影をしてから、出版社の会議室に移動してインタビュー収録という段取りになっていた。

「この質問はこれまでにいろんなところでいやというぐらい訊かれていると思うんで

すけど、血液型と同じぐらい定番の質問なんで」

　長々と前置きしてから、ボストン型の眼鏡をかけた女性ライターは質問を口にした。

「みなさんの好みのタイプを教えてもらえますか?」

「わー、出たー!」

　真っ先に反応したのは諒太だった。おどけたように言って、椅子の上でのけぞってみせる。笑いが起こり、たちまちその場がなごやかなムードになった。

「あ、もちろん女性とはかぎらへんと思うので、そのへんはふわっとさせていただいてかまいません」

　以前、伊央の動画がバズったことへの目配せのつもりか、女性ライターがあわててつけ加える。あわてたせいか、関西弁のニュアンスがにじみでた。

「お気遣いありがとうございます。異性とはかぎらないのはそのとおりなんですけど、恋愛するともかぎんないですよね——って、やば、もしかして動画撮ってたりしないですよね? こんなこと言ったらまたバズっちゃう」

　口に手をあてて、伊央が会議室の中を見まわす。それでさらに場が沸いた。狭い会議室の中には、俺たちと女性ライターのほかに浅井さんや編集者が何人か、肩を寄せ合っている。フォトグラファーがこちらに向ける大きなレンズと目が合った気がして、思わず顔をそらす。

「そうですね、外側がカリッとして、中がとろっとして……醤油や塩マヨも捨てがたいけどやっぱりここは王道のソースで！」

「なんでたこ焼きの話になっとんねん」

率先してボケた宙也を、中途半端な関西弁で伊央がツッコむ。

「ダンスの巧い子」

さらに灰人がきわきわの回答をかますと、「すいませーん、これカットでお願いしまーす」とすかさず伊央が両手をチョキにするジェスチャーをしてみせた。

「成瀬さんはいかがですか？」

「え、あ、うーんと、そうですね……笑顔のすてきな人、とか？」

急に振られ、即座に頭に浮かんだのはコンビニのレジカウンターで微笑むマユの顔だった。一日働いて疲れきった体をなぐさめてくれるような、夜に咲く花……。

「うわー、アッキーってほんと置きにいくよね。カイくんみたいに攻めていこうよ!」

足をバタバタさせながら諒太が言い、

「いいんだよ、こういうときは無駄に攻めなくても! 汎用性高いほうが!」

と伊央がそれを退けた。

汎用性が高いどころかめちゃくちゃ具体的に特定の個人を想定して発した言葉だったが、それどころではなかった。えっ、そうなの? つまり、そういうことなの?

俺は、マユのことが——? 自分が口にした言葉に自分でパニックに陥っていた。

「アッキーが魂抜けたみたいになってる!」

諒太が叫び、その場にいる全員が声をあげて笑ったが、俺だけ一人、ガラスの箱に閉じ込められたみたいにすべてを遠くに感じていた。

「恋愛するな」と面と向かってだれかから言われたことは一度もない。

それでも、「うまくやれ」という圧はそこかしこから感じていたし、不器用な俺にうまくやるなんて芸当は無理だとはなから投げていたようなところがある。

アイドルや芸能人に恋愛感情を抱くファンのことを「リアコ」と呼ぶと知ったのはデビューしてからのことだ。昔からその手の人たちは少なからず存在していたと思うけれど、「推し活」なる言葉をあちこちでさかんに見聞きするようになって、猫も杓子も疑似恋愛のような気分をビジネスとして提供するようになったのはここ最近のことなんじゃないかって思う。少なくとも「BREAKING」にはそんな商売っけはみじんもなかったから。

俺だって生身の男だから、それなりに欲望も興味もないわけじゃないが、仕事でいっしょになる華やかできれいな女の子たちとはなるべく関わりあいにならないようにしていた。デビューして三年、グループを軌道に乗せるため、とにかく無我夢中で、色恋にかまけている余裕なんかなかった——と言ったら聞こえはいいけれど、単に面倒を避けたかっただけだ。

灰人がミミとの「熱愛」を手離そうとしないのも、面倒なことになるのはわかりそうなものなのによくやるよ、とどこか冷めた目で見ていた。意地になっているのか、あるいはそれほどミミのことを愛しているのか、俺には灰人の気持ちがさっぱり理解できなかった。デビュー前に何人か、女の子とつきあった経験もあるけれど、一度だってそんなふうにだれかを好きになったことはなかったから。

アイドルじゃないと言い訳したところで、「リアコ営業」している俺たちにも責任があるのはまちがいなかった。ファンが幻想を見るのが先か、こっちが先に幻想を見せているのか。カメラに向かって甘い言葉をささやいたりウィンクや投げキッスをしたりして、積極的に不特定多数を誘惑しておきながら、何事もなかったように陰で他のだれかとよろしくやってるなんて道理が通らない。ホストクラブと同じようなもので、疑似恋愛を楽しむゲームなんだと言われたところで、プレイヤーは全員人間なんだから完璧に割り切ることなんてできるわけがなかった。

――裏切り者

――しにたい

――推しに人間だと思われてない

――私たちはATMじゃない

彼らの言葉が、絶望が、生のまま俺たちのもとへと届く。生卵のように壊れやすく、洗っても落ちないしみを残す。

「好き好き大好き愛してる」というメッセージを不特定多数の人間から浴び続けていると、ときどきなんだか攻撃されているような気にすらなる。好きってなにが？　俺のなにを知ってるっていうんだよ。どうせ顔しか見てないくせに。

俺がマユにしていることだって同じだった。俺がマユのなにを知っているというんだろう。ラーメンが好きなこととコンビニ店員であることぐらいしか知らずに、一方的に幻想を押しつけてささくれた毎日の慰めにしている。

仮に――というか、ほぼ確定なんだろうけど、でもいちおう仮としておく――俺がマユのことを好きだとして、この先、俺はどうしたいんだろう。マユとつきあいたいかといったら、正直なところよくわからなかった。面倒は困る、というのが偽るところのない正直な気持ちかもしれない。そんなの困る。

しばらくはいまの距離を保ったまま、あくまで俺の「推し」として、あの場所で俺の帰りを待っていてくれればという気持ちがある一方で、あの笑顔を俺だけのものにしたいという野蛮な独占欲がまったくないわけでもなかった。どちらにせよ、利己的であることには変わりない。

どうしたらいいんだろう。

できることなら自覚なんてしたくなかった。いつまでもしらばっくれて、宙ぶらりんのままにしておきたかった。モラトリアムを引き延ばして、ささやかな「推し活」を楽しんでいたかった。

けれども俺はかなしいぐらいに生身の男で、マユもまた現実に存在する生身の女の子だった。


大阪でライブを終えたその足で、翌朝早くからドラマの撮影があるからと俺だけ一人で東京に戻ることになった。品川で新幹線を降り、タクシーと迷って電車のほうが早そうだとJRに乗り換える。急げばマユがシフトを上がる前に「SUNNY'S」に滑り込める時間だった。

ホームの階段を三段飛ばしで駆けあがり、改札を抜けて全力疾走してきたのに、いざ視界の先に「SUNNY'S」の灯りが見えたとたん、俺はひるんだ。いまこんな気持ちでマユの顔を見てしまったら、なにかが決定づけられてしまう気がした。意識すればするほど、どんな顔をしてマユに会えばいいのかわからなくなった。

日が暮れてだいぶ経つのに、路上にはボイラーで熱せられたみたいな空気が滞っている。喘ぐように肩で息をしていると、後ろから歩いてきた酔っぱらいの男が急に立ち止まった俺をじゃまくさそうに避けて通り過ぎていった。酒のにおいをぷんぷんまき散らし、足下がふらついている。そのまま「SUNNY'S」の店内に吸い込まれていくのを見て、なんとなくいやな予感がよぎる。重たい足を無理やりにでも動かして、俺もその後に続いた。

「はあ？　ふざけんなよ！　なんでこんなもん俺が押さなきゃならねえんだよ！」

自動ドアを抜けたところで、店内に響くような怒鳴り声が鼓膜を刺した。

「こんなおっさんつかまえてアホなことぬかしてんじゃねえよ。ねえちゃん、その目は節穴か？」

いやな予感ほどよく当たる。先ほどの男が特大サイズのペットボトルに入ったウィスキーをふりまわしながら、レジカウンターの店員に絡んでいるところだった。

「申し訳ありません。年齢確認はアルコールをお買い上げいただくすべてのお客さまにお願いしているものでして……」

まさかと思ったが、カウンターで対応しているのはマユだった。横暴な態度にひるむことなく毅然としたマユに、店内にいるほかの客はみな固唾を呑んでいる。

「は？　んなこと知らねえよ、そっちの勝手だろうがよ。ふざけやがって、どうしたら俺が未成年に見えんの？」

男の声がどんどんエスカレートしていく。どう見たって言いがかりだった。相手が強く出られないのをいいことに、憂さ晴らしでもしているようにしか見えない。

「すみません、お客さま、こちらのボタンを押していただかないとアルコールをご提供することはできないんです」

奇妙に静まり返った店内に、凛としたマユの声が響く。

「そ……」

——それじゃだめだ。

その声が清らかであればあるほど、男を逆上させるだけだった。

これ以上、黙って見ていられない。キャップのつばを引き下げ、二人のあいだに割って入ろうとしたそのとき、勢いを削ぐかのようなタイミングで、スピーカーから「Rhythm&Boys」のイントロダクションが流れ出した。

コラボキャンペーンはもう終わったはずなのに？　まさか店員のだれかが気を利かしたつもりで？――と一瞬だけ考えてすぐに、そうじゃないと気づく。ただの有線チャンネルだ。町のどこからか、ふいに俺たちの曲が聴こえてくる。それぐらいには「GAME BREAKERS」はきていた。

いつだったか、「愛生！」と叫んで俺の腕を引いた伊央の声が耳に蘇った。いまがいちばん大事なとき。うまくやれ。面倒なことは起こすな。メンバーに迷惑かけるな。だれが見てるかわからない。たちまち、複数の声がどこからともなく降ってきて、俺の体を凍りつかせた。

もう一度、店内を見渡す。二人連れの若い女性客と目が合いそうになって、すぐにそらした。入り口で立ち尽くす俺に焦れたように、自動ドアのセンサーが不穏な唸り声をあげる。

「お客さま、なにか問題でも?」

そこへ、制服のボタンをすべてかけ切らないまま店長代理の名倉祐也がバックヤードから飛び出してきた。

ガタイのいい名倉祐也がカウンターに現れたとたん、酔っぱらいの男が怯むのがわかった。それは俺の役目だったのに、あと一歩が踏み出せずにマユを守れなかった。いたたまれなくなって、俺はその場から逃げ出した。


翌朝、六時前に寮を出た俺は、浅井さんから預かった関係者席のチケットとスマホの番号だけ書いたメモを封筒に入れ、「SUNNY'S」に立ち寄った。仕事帰りのホストや赤いニッカポッカを着たとび職の男がうろつく店内を突っ切り、豆乳飲料だけ手に取るとまっすぐレジに向かった。

「これ、彼女に渡しておいてもらえますか」

そう言って封筒を差し出すと、レジにいた名倉祐也がなにか言いたげな顔でこちらを見たが、会計だけすませてすぐに店を出た。

――チケット受け取りました。日曜日、たのしみにしています！

マユからのショートメッセージが届いたのは、日付が変わるころだった。

7

ツアー最終日は、この夏いちばんの猛暑日だった。

東京の2DAYSはプレミアムチケットが出るほどの激戦だったようで、ネットでのチケットの高騰を見かねた運営側が、特別に見切れ席を開放するほどだった。もちろんそちらも秒でソールドアウト。

前日のライブの余韻も抜けきらないまま会場入りした俺たちは、最後まで集中力を切らさないように意識していた。いつも以上に張りつめた楽屋の空気に耐えかねて、まだ客入れが始まっていない会場の客席に座ってぼんやりステージを眺めていると、同じことを考えたのか、灰人もやってきてなにも言わずに隣に座った。

デビューから三年、さしあたっての目標だったアリーナツアーは達成できた。あっという間だった気もするし、もっと加速したくて焦れったいような気もする。いずれはドームツアー、さらにはスタジアムツアー、最終的にはワールドツアー。夢は果てしなくどこまでもふくらんでいく。宇宙ツアーができるようになったら当然、宇宙でだってやりたい。人気者になりたいとかいい暮らしがしたいとか、そういう些末な欲望が吹っ飛ぶぐらいの大きな野望が俺にはあって、それを叶えるためにはより多くの人を巻き込む力が必要だった。

「えー、なんだよ、みんないるじゃん！　なんで僕だけ誘ってくれないの？」

背後から諒太の騒がしい声がして振りかえると、少し離れた場所に宙也が座っているのが見えた。そのさらに後方の席には伊央の顔がある。みんな考えることは同じだった。

「ひどいよ、僕だけ仲間外れにするなんて！」

なおも言いつのる諒太の声を聞きながら、照れくささをごまかすように俺たちは笑った。仲間外れどころか、俺たち五人はいつだってひとつだった。

「今日がツアー最終日です。最後まで駆け抜けましょう。東京公演！　最高のステージにするぞ！」

ライブがはじまる直前、いつものように舞台袖で円陣を組んだ。その時点でちょっときてた。観客席から押し寄せる熱波。飛び散る汗。目に刺さるようなスポットライト。あんまり気負わずに、ことさら最終日だってことを意識せずにやろうと思っていたのに、ライブの最中、こみあげる瞬間が何度かあって、こんなんじゃやぜんぜんダメ、アーティストとして完璧とは言えない、もっとプロに徹しないと——って思うんだけど、これはこれで悪くないんじゃないかとどこかで思ってもいた。

まったく考えなかったと言ったら嘘になるが、マユのことはほとんど意識の外に飛んでいた。彼女は俺にとって特別な人だけど、ひとたびステージに立てば一万人の観客すべてがかけがえのないオンリーワンになる。sis も bro も GAMER も、つきあいでなんとなく連れてこられただけの人もひとり残らずさらっていく。きれいごとでもなんでもない。それがいまの俺のリアルだった。

「えーっと、みなさんおつかれっした！」

一ヶ月間ツアーに同行してくれたツアースタッフやバックダンサーをねぎらうため、その日はライブが終わってから会場近くの居酒屋に移動した。ツアー最終日の恒例になっている打ち上げだ。

「今回は初のアリーナツアーということもあって、いろいろと不慣れでご迷惑をおかけしたこともあったと思います。俺たちメンバーもちょいちょいぶつかったり、いたらない部分があったりで反省点も多いんですが、いまできる最高のものにできたって自負だけはあって、それもこれもここにいるみなさんあってのことだと思っています。ここにいるだれかひとりでも欠けたら今回のツアーの成功はなかったんじゃないかって。最高に楽しい時間をほんとうに、ありがとっした！　乾杯！」

それぞれにドリンクが行きわたると、宙也が前に出て乾杯の音頭を取った。

もー、こういうときだけ饒舌なんだから、早く乾杯しようよー、朝礼の校長先生じゃないんだからさー、と調子よく野次を飛ばしていた伊央と諒太の目に涙が浮かんでいるのを俺は見逃さなかった。灰人がフライングでビールを飲んでいたのも。

こういう席にはめったに顔を出さないジェリさんもめずらしく顔を出し、ビールを飲みながらひさしぶりにゆっくり話すことができた。最近おすすめの音楽や映画の話、世界中のヤバいダンサーたちの情報、ストリート時代の武勇伝……ジェリさんからもたらされるその手の刺激に飢えていた俺たちはメモを取る勢いで耳を傾けていたが、ふと、ジェリさんがなにかを思い出したように、

「今日ライブ見てて思ったけど、愛生、なんか変わったね」

眼鏡の奥の目をまっすぐ俺のほうに向け、観察するように眺める。

「なんだろう、ダンスに艶が出たっていうのかな。頑なさが解けてすごくよくなった。もっと見ていたいと思うぐらい」

「え、あ、そんな……」

光栄すぎて、なんと答えたらいいのかわからずもごもごする俺の肩を叩いて、「見せてよ、もっとこれから」とジェリさんが笑った。「愛生ばっかりずるい！　ジェリさん、僕は？　僕は？」とすかさず伊央が手を挙げ、「僕も！　僕も！」と諒太も続く。「俺も！」と宙也も勢いよく手を挙げ、ぼんやりビールジョッキを傾けていた灰

人は、「こういうときは参加するもんなんだよ！」と伊央に突っつかれてしぶしぶ手を挙げていた。

ライブの興奮を体の一部に残したまま浴びるようにビールを飲み、バカみたいなことを言いあって俺たちは転げるように笑った。この余韻の中にいつまでも浸かっていられるものならそうしていたかった。

「宴もたけなわですが、お子さま組はそろそろおうちに帰る時間ですよー」

「えーっ」

「まだ帰りたくなーい」

「はい、もうタクシー呼んだからわがまま言わなーい！　忘れ物ないように準備してー！」

九時をまわったころ、未成年の諒太とバックダンサーたちだけ先に帰されることになり、見送りに外へ出たついでにスマホを開くと、「公園で待っています」とマユからショートメッセージが入っていた。

「あ、俺も乗ってく」

考えるより先に体が動いて、未成年組が押し込められたタクシーに強引に乗り込んだ。荷物もキャップも居酒屋の大部屋に置きっぱなしだが、取りに戻る時間も惜しい。一秒でも早くマユに会いに行かなきゃということで頭がいっぱいだった。

同じタクシーに乗り込んだ面子の中では俺の家がいちばん近かったので、自動的にルートを優先してもらうことになった。

「アッキーが割り込んできたせいで、僕たち未成年なのに家に帰るのが遅くなっちゃうじゃん。成人してるんだからアッキーが後回しでもいいぐらいなのに」

タクシーを降りるまで諒太はウザがらみをしてきたが、急に帰ると言い出した俺に理由を訊ねようとはしなかった。これがもし伊央だったらしつこく追及されただろうから、この際ウザがらみでもなんでも甘んじて受け入れることにした。

「わかったわかった、今度アイスおごってやるから。みんなもありがとね、おつかれさまでした」

「SUNNY'S」の前でタクシーを降りると、車が見えなくなるのを確認してから、駆け足で公園に向かった。まだそこまで遅くない時間とはいえ、女の子ひとりで夜の公園なんていかにも心もとなかった。

ショートメッセージが入っていたのは一時間以上前だ。もう帰ってしまったんじゃないかと気が気じゃなかったが、あの日と同じベンチに座ってマユは俺を待っていた。奇妙に明るい東京の夜の下、外灯の明かりがスポットライトのようにマユの姿を浮かびあがらせていた。

「ごめん、ずいぶん待ったよね。メッセージ入ってたの、気づかなくて……」

駆け寄りながら謝ると、すぐにマユも立ちあがった。

「私こそごめんなさい。呼び出しちゃったりなんかして」

「いや、俺が会いたかったから」

こんなのもう好きだと言ってるのと同じじゃないか。酔いのまわった体がかっと熱くなる。

「打ち上げとか、きっといろいろありましたよね。送ったあとに気づいて、でもショートメッセージって取り消せないんですね。やっぱりいいです、いまのなしですって送ろうかどうしようか迷ってて……」

　こうして向かい合ってマユの顔を見るのは、実に一ヶ月ぶりだった。会いたかった。自分でもあきれるぐらいそればっかりだった。思いがあふれ、そのちいさな肩を抱き寄せてしまいたい衝動をぐっと堪える。

「どうしても会って直接伝えたかったから、来てもらえてうれしいです。ライブ、すごくよかったです」

「いやもう無理でしょ」

「——え？」

　堪えきれず、俺はかがみこんでマユの肩の上に軽く額を載せた。薄いTシャツ越しに体温が伝わってくる。もぎたての青りんごのようなにおいがした。

「な、成瀬さん……？」

「ごめん、一瞬、一瞬だけこうしてていい？」

「一瞬って何秒ぐらいですか？」

「秒換算?!」

思わず、顔をあげてしまった。なんとなくもう一度同じ体勢をとるわけにはいかなくて、ベンチに並んで腰かける。額にまだ、マユのぬくもりが残っている。

「このあいだは、ごめん」

まず最初に謝った。マユと会ったらなにを話そうか、会えないあいだずっと考えていたけど、顔を見た瞬間に浮かんだのはその言葉だった。

「このあいだ……？」

酔っぱらい客の対応に追われて、あのとき俺が店にいたことも把握していなかったのだろう。なんのことだかわからないといったふうにマユが首を傾げる。

「先週の日曜日、ちょうどこれぐらいの時間、店で酔っぱらいの客にからまれてたでしょ。あのとき、実は、俺もあそこにいて……」

マユが気づいていようがいまいが、あの場に居合わせたのになにもできなかった。そのことを謝りたかった。

「成瀬さんが謝ることじゃないですよ。成瀬さんのようなお仕事の方が目立った行動を避けるのは当然ですし、仮に一般のお客さまだろうと巻き込むのは本意ではないですし……」

思ったとおりのことをマユは言った。そう言いさえすれば俺の心が軽くなるとわかっていて言っているんだろう。保身のために動けなかった俺にはあまりにも都合のいい言葉だった。

「それに、成瀬さんじゃだめなんです」

しかし、次にマユが口にしたのは、予想もしていなかった言葉だった。

「それは、つまり、どういうこと？　店長代理ならいいってこと？」

「ちがいます、ちがいます」あわててマユは顔の前で手を振った。「あのときは祐也――店長代理が入ってきて、お客さまが引き下がる形になってしまいましたけど、それはそれでよくなかったなって」

マユの言っていることがひとつもわからなくて混乱した。俺の表情からそれを察知したのか、困ったようにマユが苦笑する。

「すいません、説明が下手で。えっとですね、だから、あそこで体の大きい男の人が出ていって、あのお客さまを力ずくで黙らせるみたいなことが果たしていいことなんだろうか、というか」

「暴力を振るったわけじゃないでしょ？　俺だってそんなつもりなかったし」

「あ、はい、それはもちろんそうなんですけど、あー、難しいな……えっと、私って見た目おとなしそうじゃないですか？　地味っていうか、目立たないかんじっていうか」

「そうかな？」

そんなことない、俺の目には輝いて見える——と口にしかけていまはそういうことを言う流れじゃないなと思って黙った。

「そのせいか、駅とか道端とかで、男の人にぶつかってこられることがよくあるんですよね。頭ごなしに怒鳴られたり舌打ちされたり……こっちはなんにもしていないのに、ながら歩きしてたわけでもないのに——仮にしてたとしてもぶつかっていい理由にはならないですけど」

「え？　あ、そうなの？」

なんの話をしているのか読めなくて曖昧にうなずくと、そうですよね、成瀬さんにはわからないですよね、と笑顔を保ったままマユがつぶやいた。諦めというのともちがう、静かに線を引くような含みのある言い方だった。

「女性を狙ってそういうことをする男の人ってけっこういるんですよ。一種の憂さ晴らしみたいなものだと思うんですけど。おそらく、あのお客さまはレジにいるのが私だったからあんなふうに怒鳴ってこられたんだと思うんです。最初から店長代理がレジにいたらあんなことにはなっていなかったんじゃないかって」

「は？　相手を選んでるってこと？　なおさら悪いじゃん」

そう言われてみればあの男、歩道の真ん中に突っ立って通行の邪魔になっていた俺には舌打ちひとつしてこなかった。

話を聞いていたらだんだん腹が立ってきた。いまからでもあの男をつかまえてまたあんなことをしたら承知しないとどやしつけてやりたいぐらいだ。

「それはそうなんですけど、そこでより強い男性が出ていって黙らせるようなことをしてしまったら、キリがないじゃないですか。強い人が勝つというルールを認めることになって、ああいうことが起こり続けてしまう。あのお客さまももしかしたらそうだったのかもしれないですよね。あの日、別のどこかでだれかに怒鳴りつけられて、その腹いせに酔っぱらって……」

「じゃあどうすればよかったってわけ？　そんな理不尽なことを黙って見てろってこと？」

なぜかこっちが責められているような気がして、膝の上で拳をにぎる。

「ごめんなさい、それは私にもわかりません。祐也があああするしかなかったということはわかるんです。でも、それがいい方法だとは思えないっていう話です」

きっぱり言い切ると、マユは顔をあげてまっすぐ前を見た。その表情からは怒りも怯えも読み取れず、眉間のあたりにさっと憐憫の影がよぎっているだけだった。

マユの言っていることはおそらく正しいんだろう。頭ではわかっているのに、感情が追いつかない。できることなら俺がマユを助けたかった。俺がマユを守りたかった。その気持ちを真っ向から否定されたような気がして、居心地の悪さが後を引く。

「だけど、今日のライブを見て思ったんです。成瀬さんたち――『GAME BREAKERS』には世界を変える力があるんじゃないかって」

「ん？　急に話がこっちきた」

「ごめんなさい、話が脈絡なく飛ぶってよく言われるんですよね」

俺の戸惑いを瞬時に察したのか、マユがちろりと赤い舌を出す。ある部分ではおそろしく鈍いのに、ある部分では妙に察しがいい。マユにはそういうところがあって、こっちは振りまわされるばかりだ。

「なんか勝手にコンビニと重ねちゃったっていうか。ライブ会場全体にすごくいい空気が循環してて、みんなすごい笑顔で、この日を楽しみに毎日がんばって生きてるんだなって感じられたんです。あんな大勢の人たちをいっぺんにしあわせにできるなんてほんとにすごいことで、私みたいな一介のコンビニ店員とくらべるなんておこがましい話なんですけど」

「一介のコンビニ店員って」

思わず笑ってしまったら、「一介のってなかなか言わないですよね」とつられるようにマユも笑った。

「すいません、へりくだりすぎるのもよくないですよね。でも、そう、私みたいな一介のコンビニ店員にもできることはあるのかもしれないって、今日のライブを見て思ったんです。仕事で疲れて帰ってきたとき、そこにコンビニの灯りがあるだけでほっとできたり、たまたま買ったコロッケが揚げたての熱々で明日も頑張ろうと思えたり……このあいだのお客さまみたいな人をいますぐなくすことはできないかもしれませんが、そうやって少しずつでも世界を良くしていくことはできるんじゃないかって」

「もうやってるよ。少なくとも俺にとっては、毎日行くのが楽しみな場所になってる」

「そんなこと言って！　最近ぜんぜん来てくれないじゃないですか！」

「いやだからツアーで全国まわってたし、ドラマの撮影で時間がずれてただけで行けるときは行ってたって！」

「やだな、冗談ですよ」

むきになって言い返すと、マユがおちょくるように笑った。くそ、かわいいな、と思ったその瞬間、ふいに視線を感じてあたりを見まわす。

「どうかしましたか？」

「いや、なんでもない」

おもての通りを同年代ぐらいのグループが騒ぎながら通り過ぎていったぐらいで、ほかに人影はない。マユといっしょにいると、後ろめたさからか、ときどきだれかに見られているような気がすることがあった。

「コンビニってもともと氷しか売っていなかったんですよ。知ってました？」

「いや、それははじめて聞いた」

また話が飛んだなと思いながら、俺は首を横に振った。

「一九二〇年代のアメリカで、氷の小売店が客の要望に応えてさまざまな商品を置くようになって、営業時間もどんどん長くなっていって、少しずついまの形に近づいていったんだそうです。やっぱりコンビニって生きものなんだ！　とそれを聞いたとき、うれしくなりました。時代やお客さまのニーズに合わせてこれからもどんどん変わっていけたらいいですよね」

それからも延々とコンビニ改造計画やコンビニ革命の話を聞かされて色っぽさのかけらもなかったが、隣で話を聞いているだけでいまのところ俺は満足だった。やっぱり楽しいな。ずっとこうしていたいな。だめかな。
ライブの直後は興奮で頭が冴え冴えとしているが、しばらく経つと、歓声も光も遠のいてあわい寂寥感が襲ってくる。ツアーの最終日なんか特にそうだ。打ち上げでどれだけ酒をあおってもごまかせない。体の一部をもぎとられたみたいにすうすうしてる。ちゃんと確かめたことはないけど、おそらくメンバーも同じ感覚があるんだろう。だからいつもみんな、打ち上げの席を離れようとしない。一人じゃもてあましてしまうから。

「帰りたくないな」

ぽつんとつぶやいたら、勢いよくしゃべり続けていたマユがはっとしたように顔をあげた。公園の柱時計を見あげ、「わっ、もうこんな時間」と飛びあがる。

「帰らないとね。帰りたくないけど」

俺がそう言ったら、眉を寄せてちょっと困ったような顔で笑った。このまま朝までいっしょにいたいと言ったら、どんな顔をするだろう。もっと困らせてしまうだろうか。

「なんだか不思議ですね。ステージの上の成瀬さんは遠い世界の人みたいだったのに、こうして隣にいてふつうにお話ししてるなんて」

今度は俺が肩をすくめ、困ったように笑う番だった。虚像と実像の乖離みたいなことを言ってるんだとしたら、俺にだって手に負えない。どこからが俺でどこからが「アッキー」かなんて、その境界を見つけることになんの意味があるだろう。

「同じ世界にいるよ——少なくともいまは」

マユといてほっとするのは彼女が俺をジャッジしないからだ。つねに値踏みするような視線を不特定多数から向けられている俺からすれば、それはなにより得がたいことだった。

「へえ、夏祭りなんてあるんだ」

公園を出ようとしたところで、出入り口の掲示板に夏祭りのポスターが貼られているのに気づいた。

「行ったことないですか？　川沿いの遊歩道に縁日が出てかなりの賑わいですよ」

「来週の土曜日か。夜なら空いてるから、いっしょに行かない？」

さりげなく誘ったつもりだったが、マユはなにか考え込むみたいに黙り込んでしまった。またいつものフリーズだ。やきもきしながら、じっと返事を待つ。

「だめですよ、その日はシフトが入ってます。夏祭りの日はかき入れ時なんですから」

「コンビニなのに？」

「コンビニだからですよ！　どれだけの人がトイレを利用すると思ってるんですか。もうぐっちゃぐちゃで大変なことになるんですから！」

ぐるんと目玉をまわすマユに俺は笑った。あいかわらず妙なテンポ感だけど、なにかの思惑があってそうしているわけではなさそうだ。

「じゃあさ、シフト上がってからここで花火しようよ」

「えっ」

めげずに食い下がったら、その場でちいさくマユが跳ねた。

「だめ？」

「だめじゃないですけど、なんだか気が引けちゃいますね。あんなスターを私が独り占めするなんて、ファンの人に申し訳ない……とか言いながらすでにいま独り占めしてるんですけど」

「二十四時間スターなわけじゃないから」

「スターだってことは認めるんだ」

俺たちは笑いながら夜の道を歩いた。自転車だったけど、送っていくという俺の申し出をマユは断らなかった。少しでも長い時間いっしょにいたいと、マユのほうでも思ってくれているんだろうか。マユの自転車を引きながら俺たちはできるだけゆっくり歩いた。そのまま夜明けまで歩くことだってできそうだった。

8

金曜日発売の週刊誌に写真が出た。

人気グループ「GAME BREAKERS」の成瀬愛生（21）熱愛発覚。ライブ終了後、タクシーを飛ばして都内某所の公園で密会。お相手は一般人のAさん。駆け寄って抱き合う二人……。

「いや、抱き合ってないよね」

マユの肩に遠慮がちに額を載せている写真を指差して、伊央がいつもの調子でツッコんだ。

「ここでガッといけないところがアッキーだなってかんじ」と諒太もおちょくるように言う。

いちばん大きく使われている写真がそれで、ベンチに並んで座る姿や自転車を引いて夜の町へ消えていく姿がちいさく並んでいる。マユの目元は黒く隠されているが、キャップもなにもしていない俺は無防備に素顔をさらしている。

「これぐらいで熱愛とか言われても」

「子どもじゃないんだから」

「まだはじまってもないってかんじじゃん」

事務所の会議室に集合したメンバーが週刊誌を囲んで口々に言う。わざと明るい雰囲気を出そうとしてるのが伝わってきていたたまれなかった。

「ごめん、完全に気ぃ抜いてた」

うなだれるように首を折ると、だれかの手が飛んできてぺしんと俺の頭を叩いた。音だけ高く鳴ったわりにぜんぜん痛くなかったから、たぶん宙也だ。

「謝るなら俺のほうだ」

こういうとき、いつもならだんまりを決め込むはずの灰人がめずらしく口を開いた。

「俺をマークしてたパパラッチがなかなか写真が撮れないことに焦れて、そっちに流れたんだと思う」

「は？　二人とも、謝ることじゃないだろ」

すかさず伊央が黒縁眼鏡の奥の目を鋭く光らせた。いつかこういうことが起きたら、そう言うって決めていたみたいにきっぱりとした口調だった。

「灰人はね。でも俺はちがう」

「なにが？」

「だって、どう考えたってちがうだろ！」

謝ろうとしているのに、つい語気が荒くなってしまう。

灰人の場合は匂わせの検証記事が出たぐらいで、決定的な写真を撮られたわけじゃない。俺たちに灰人を責める権利なんかなかったし、そんな気もさらさらなかった。それとこれとじゃわけがちがう。次は東京と大阪でドーム公演だなんて話が出ていた矢先に、グループの足を引っぱるようなことをしでかしてしまったのだ。

「でもやっぱりおかしいよ」

さっきまでへらへら笑っていた諒太が、テーブルの上に開いたままの週刊誌に目を落としてつぶやいた。

「もしこの相手がカイくんや僕だったりしたら、きっとみんな尊いとかケミとか言って喜ぶんでしょ？　女の子になったとたんだめになるなんて、僕には理解できない」

「まあ、そもそも男同士だったら写真にも撮られてないよな。もしこれが結婚報道だったらたちまちオフィシャルなものになって、祝福ムードになるのもおかしな話だし」

静かな怒りのこもった声で言うと、宙也は窓のほうに視線を投げた。橙色の光がブラインドのすきまから室内に射し込んでいる。

「出ちゃったものはしょうがない。できることなら見つからないようにうまくやってほしかったけど、こっちは恋愛するなとも言えない立場だからね」

浅井さんがやれやれといったふうにため息をついた。

「いまどき芸能人の熱愛スクープなんて時代に即してないと個人的には思うけど、なんだかんだで需要はあるし、こういうのは持ちつ持たれつだからって社長も言ってる。時間が経てばおさまるだろうから、ひとまずは嵐が過ぎ去るのを待ちましょう」

しばらくSNSのコメント欄が荒れるだろうが、こちらからはいっさい触れないこと。今後もプライベートのことはそれぞれに一任するが、あくまで人気商売なんだから多少は気をつけること。

「じゃあそんなかんじで、今日のところは解散!」

今後の対応を相談するために集められたはずだったが、「なにもしない」という事務所の方針を一方的に告げられる形でミーティングは終了した。

みんな俺を甘やかしすぎだと、どこか冷えた頭の一部で思う。すべての言葉が遠くて、現実感がうすい。ありがたさと申し訳なさと恥ずかしさと苛立ちと困惑ともどかしさと——いろんな感情がいちどきに押し寄せて処理しきれなかった。どれかひとつに耽溺したくても、すぐにまた別の感情が襲ってきてじっくり浸ることもできない。

「雨降ってるし、今日は二人とも寮まで送っていくよ」

有無を言わさぬ口調で告げられ、灰人と俺に「NO」を言えるはずもなかった。

浅井さんの運転する車で送り届けられると、俺たちは大人しく部屋に戻った。

冷蔵庫からミネラルウォーターのペットボトルを出して、それぞれのグラスに注ぐ。

こんな早い時間に灰人と二人で部屋にいるのはずいぶんとひさしぶりで、なぜか少し緊張していた。

「水しかないや。ビール、買ってこようか。腹も減ったし」

こんなときだというのに、目ざとくコンビニに行く口実を探してる自分にうんざりする。

「あの写真の子って、『SUNNY'S』の店員だよね」

まさか灰人の口から切り出されるとは思わず、俺はぎくりとする。

会議室ではだれもマユについて触れようとしなかった。この女の子はどこのだれなのか、実際のところどういう関係なのか。灰人とミミのときもそうだったように、思いやりからくる無関心を貫いていた。

メンバーのセクシュアリティも恋愛経歴も俺はなんにも知らないし、知りたいとも思わない。好きなタイプや初恋の年齢など、インタビューで話題に出ることはあっても、わざわざメンバー同士で蒸し返したりすることもない。そんなことより、どんな音楽を聴いてきたか、どんなダンサーに憧れてどんなアーティストになりたいのか、そういう話ばかりしていたかった。

「あ、いや、だからなんだってことでもないけど、単にそうなのかなって思っただけ」

そう言って灰人は、傾けたグラスの底でテーブルの天板をなぞった。くるりときれいなターン。灰人の手にかかれば、それすらダンスになる。

「なんでわかったの?」

「なんでって、写真見てなんとなく? ちょうどこれぐらいの時間にいつもいる子だなって。あの公園だってあそこでしょ、『SUNNY'S』のすぐ横の」

毎日のように通い詰めていた俺でも六月になるまでマユの存在を認識していなかっ

たのに、意外によく見てるんだな――とそこまで考えたところで、はっとした。灰人が気づいたということは、あの写真を見てほかにも気づいた人がいる可能性があるってことだ。

「愛生、いまはやめといたほうが――」

灰人の制止も聞かずに、俺は部屋を飛び出した。

浅井さんから週刊誌に記事が出るという報せを受けてすぐに、マユにはショートメッセージを送ってあった。返事はまだきていない。

――日曜日の夜、いっしょにいたところを写真に撮られたみたいで、週刊誌に記事が出ます。迷惑をかけてごめんなさい。

たったそれだけのメッセージ。いきなりこんなものを送りつけられて、彼女はどう思っただろう。ライブ後に公園に呼び出したことを責めているようにも受け取られかねないと気づいて、なにかフォローを入れなくてはと何度も文字を打ち込んだが、なにを書いても言い訳にしかならなくてそのたびに消去をくりかえした。そのうちだんだん考えるのもいやになって、意識の外に追いやって放置した。正直なところ、自分のことで手一杯で、マユのことまで考えていられなかったというのもある。

そうやって、ずっとここまできてしまった気がする。小さな引っかかりを見なかったことにして、いつか時間が解決してくれるはずだと後回しにしているうちに、いつ崩れるかもわからないぐらぐらした足場の上にいま俺は立たされている。いまさら後には引けないし、かといって一歩を踏み出したとたん崩壊がはじまる。

どうしたらいいのか、もうぜんぜんわからなかった。

道の先に「SUNNY'S」の明かりが見えて、俺はキャップのつばを引き下げた。

さすがにいきなり店に入っていく勇気はなくて、外から中の様子をうかがった。レジの店員がマユかどうかは、俺のいるところからだと死角になっていてわからなかった。雑誌コーナーに若い女性客の姿を見つけて、すぐに身をひそめる。勢いで飛び出してきたものの、店内に sis がいたら余計まずいことになる——とそこまで考えたところで、

「おい!」

後ろから強い力で肩をつかまれた。

「なにやってんだよ、こんなところで。あんた、自分の立場わかってんの？」

店長代理の名倉祐也だった。出勤してきたところなのか、制服ではなく私服姿だった。自動ドアの開く音がして、店から白いポリ袋を提げた会社員風の男が出てくる。あたりに視線をめぐらせると、祐也はビルの通用口からバックヤードに俺を引っぱり込んだ。

「昨日から週刊誌の記者みたいのがうろついてるんだよ。よくそんなアホ面下げて来られたもんだよな、信じらんねえ」

荒々しい口調を隠そうともせずに、祐也は俺を詰った。たぶんこっちのほうが素に近いんだろう。ふだん店にいるときの取り繕ったような笑顔との落差に意識をとられながら、「すみません」と俺は頭を下げた。

「いまはだいぶ落ち着いたけど、SNSに晒されたのか、昼間はあんたのファンだとかいう女たちがやってきてえらい騒ぎだったんだ。あいつを店に置いとくわけにいかないからしかたなくシフト替わることになって、おかげでこっちはほとんど寝てねえし」

「あの、彼女は――」

「は？」

「連絡が取れなくて。彼女はいまどこに？」

祐也が呆れたようにため息をついた。

「知ってどうすんの？　いまあんたが会いに行ったらどうなると思う？　そんなこともわかんないの？」

「いや、それは、わかって――」

「わかってないから言ってんだろ。あいつのことどう思ってんだか知らねえけど、恋愛って一対一でするもんじゃねえのかよ。なんでそこに余計なものが入り込むわけ？」

なにも言い返せなかった。ほんとうにそのとおりだと思って。

俺はぼんやりと祐也の背後に貼られたままの「GAME BREAKERS」のポスターに視線をやった。キャンペーンはとっくに終わってるはずなのに、なんでまだ貼ってあるんだろう。

「こんなもの――」

俺の視線に気づいたのか、祐也が乱暴な手つきで壁からポスターを引き剝がした。途中で破れて、俺の顔がまっぷたつに裂かれる。メンバーじゃなくてよかったと思った。裂かれたのが俺じゃなかったら、殴りかかっているところだった。

「もう二度と店にはこないでくれ」

一方的に言い捨てると、祐也はバックヤードから俺を追い出した。

そうして俺は、最後の砦である最愛のコンビニを失った。

翌日、朝からドラマの撮影が入っていた俺は、浅井さんの運転する車でロケ現場の学校に向かった。

アットホームで気安い雰囲気の現場だったが、さすがに俺のスキャンダルについて軽々しくツッコんでくるような無神経な人はいなかったので、「お騒がせしてすいません」とこちらから挨拶してまわった。

「だから私が連絡先訊いても教えてくれなかったんだね」

十歳以上年の離れた教師役の俳優にからかわれて、

「いや、訊かれたことないですけど！」

と笑ってかわすぐらいのことは造作もないことだった。そういうときは、「イーオ」のふるまいをトレースすればなんとかなるとわかっていた。

共演者に挨拶してまわる俺を見て、浅井さんは驚いたように目を丸くしていた。「なに?」と訊ねると、「いや、大人になったなと思って」とニヤニヤ笑う。訊くんじゃなかったとすぐに後悔した。

なるべくなにも考えないように心をつるつるにして、目の前の仕事に集中する。いまの俺にはそうするしかなかった。たとえそれがギリギリの綱渡りだとしても。

撮影もいよいよ大詰めで、この日は最終回の手前、屋上にいるヒロインのもとへ駆けてきた弟が思いを告白する重要なシーンだった。

「なんでだめなんだよ！　理由を言えよ！」

青空の下に、若やかな少年の声が響く。同じ制服を着た主演の二人が向かい合ってカメラの前に立っている。

「だめなものはだめなんだってば！」

「またそれ。理由を言ってくれなきゃわかんないよ。なんで好きになっちゃいけないんだよ！」

ほんとにな、と思ってだれにも気づかれないように苦笑する。なんでだめなんだろうな。たとえアイドルだろうと、恋愛しちゃいけないなんて法律で決められてるわけでもないのに。

昨晩、寮に戻ってから何度か電話をかけてみたが、マユは出なかった。いまだに返信すらない。コンビニで働くことがなによりの生きがいだという彼女から仕事を奪ってしまった。そのことだけでも謝りたかったのに、声を届けられないことがつらかった。

このまま終わってしまうんだろうか。ちっぽけな火が灯ったばかりのこの恋が、不完全燃焼のまま消え落ちていくのを指をくわえて見ているしかないんだろうか。

真夏の太陽が頭上から照りつけて、目も開けていられないほどまぶしい。絶好のお祭り日和だと思って、心がしんと静まりかえる。インターネットで注文しておいた花火セットは出番のないまま終わりそうだった。

「きょうだいだからってそんなの関係ない。俺はねえちゃんのことが――」

「聞きたくない！　言わないでよ！」

「なんで聞きたくないの？」

「だって、だって」

その場にいた全員、他の演者もスタッフもエキストラも、息を詰めて見入ってしまうほど迫真の演技だった。このドラマはきっと評判になるだろう。

日の出ているうちに撮影が終わり、挨拶して現場を離れようとしていると、見るからにカタギじゃなさそうな外国製のＳＵＶ車が校門の前に横付けした。ドウッ、ドウッとサグめなヒップホップの重低音が車体から漏れている。あーあ、と背後で浅井さんがつぶやくのを俺は聞き逃さなかった。

「めちゃくちゃ注目浴びてますよ、ジェリさん」

すぐに駆け寄っていくと、運転席の窓から顔を出したジェリさんが、「たまたま近くを通りかかったからさ」とバレバレの嘘をついた。こんな忙しい人が「たまたま」

なんてこと、あるはずがない。この場所だってあらかじめ浅井さんから聞いていたんだろう。

今日はこれで上がりだったから、寮まで送っていくというジェリさんの申し出を断る理由もなくて助手席に乗り込んだ。車高の高いＳＵＶ車から見下ろす景色は、いつもと少しだけ違って見えた。

「このたびは、ご迷惑をおかけしてすみませんでした」

ドラマの撮影はどうだとか、ツアーおつかれだとか、あのアーティストの新譜がどうだとか、あたりさわりのない話題を持ち出すばかりのジェリさんに焦れて、俺のほうから切り出した。

「驚いたのは事実だけど、迷惑だとは思ってないよ」

そう言ってジェリさんは、美しくととのえられた眉毛を持ちあげて見せた。

ジェリさんまでそんなこと言うのかよ、と俺は軽く失望した。

――俺たちはアイドルじゃないから。

結局そういうことだった。メンバーもマネージャーも社長すら俺を責めようとせず、

「プライベートのことは本人にまかせております」というコメントを事務所が出したのだって、その言葉が免罪符になっているからだ。

アイドルみたいな真似をしておいしいところだけさらっておきながら、いざとなったらけつまくって逃げ出す。なんて卑怯なやり口なんだろう。このままなんのお咎めもなくしれっといつもの活動に戻っていくなんて、そんな恥知らずなこと、どうしたらできるんだろう。

SNSは見るなと浅井さんから釘を刺されていたが、あまりにみんな俺を甘やかすから少しは食らったほうがいいと思って、昨晩ベッドに寝転がってずっとスマホを眺めていた。擁護の声も多かったけれど、それ以上に悲痛な叫び声や批難の声が目立った。ライブが終わってすぐに女に会いに行っていたという事実がなにより彼らを傷つけたようだった。

謝罪することならできた。だけど、ここで謝罪することが正しいのか、謝罪したからといって解決になるのか、俺にはわからなかった。たぶん、だれひとりとして間違ってなんかいないんだろう。かろうじてわかるのはそれぐらいだった。

「既存の世界をぶち壊し、新たに世界を作りあげていく者たち」

ハンドルを握り、前を向いたままジェリさんがつぶやいた。デビュー前から何度も聞かされた、「GAME BREAKERS」というグループ名の由来でありコンセプト。

『GAME BREAKERS』は俺の夢だったんだ。日本のメジャーシーンに本格的なヒップホップのダンスグループを――もう一度、今度こそかなえたいと思った。それで、君らを利用した」

「利用って……」

言葉のそぐわなさに、俺は戸惑った。あまりにも実態とかけ離れているように思えたから。「GAME BREAKERS」を作った人。プロデューサーであり創造主。ジェリさんは俺たちにとって絶対的な、なくてはならない存在だった。

「君らからしたらおぞましい話だよな。おじさんの夢を背負わされるなんて」

「いや、待ってください。そんなふうに思ったことなんか一度もないですよ。たぶん、メンバーだって……」

俺の言葉が届いていないみたいに、ジェリさんは肩をすくめてみせた。ジェリさんのいる場所からは、見えているものがぜんぜんちがうのかもしれない。だけど、もっと速く、もっと遠く、もっと高くを望んだのは俺らも同じはずだった。

「愛生にとって『GAME BREAKERS』ってなに？」

「夢です」

「うお、即答」

「ジェリさんの夢なら、俺の夢でもあるから」

「泣かせることを言うんじゃないよ」そう言いながら、ジェリさんは声を殺して笑った。「そうだな、『GAME BREAKERS』はもちろん俺らの夢でもあるけど、なにかもっと、大きなものなんじゃないかってこのごろ、思うんだ。ひとつの空間であり、物語であり、建築であり、乗り物であり……そういう可変的なものであってほしい——ってこれも俺の勝手な思い入れかもしれないけど」

コンビニは生きものなんだと話していたマユの声が蘇る。最初は氷を扱うちいさな店だったものが望まれるままに形を変え、いまの形態に進化していったその道筋を、生きもののようだと。

『GAME BREAKERS』がこれから作っていく新しい世界を俺は見たい。願わくは、その手伝いをさせてほしいとも思っている。君たちの思うまま、好きなようにやればいい。自由にどこまでも行っていい。だけど、もうすでに多くの人を乗せている。そのことだけは忘れないでほしい」

どんな思いでジェリさんがその言葉を口にしているのか、俺にはわからなかった。俺の気持ちを少しでも軽くしてくれようとしているのか、それとももっとしっかりしろよとカツを入れようとしてるのか。

「俺、ジェリさんに憧れてダンスをはじめたんです」

いまを逃したらもう二度と言えないと思って告げたら、ジェリさんは曖昧に笑った。そんなことはとっくに知っていたとでも言いたげな表情で、こっちが逆に驚いた。

「知ってたんですか?」

「いや、まあ、ダンススタイルを見れば……なんとなく、そうなんだろうなって」

かっと一瞬で耳のふちまで熱くなる。わかってて知らんぷりをしてくれてたってことか。「聞かなかったことにしとくよ」と急いでつけくわえたジェリさんのやさしさがなければ、すぐにも車を飛びおりていたかもしれない。

「この道がこんなに混んでるのめずらしいな。土曜日だからかな」

事務所まであと少しのところで急に車の流れが滞りはじめ、ジェリさんが首を傾げた。

「今日、夏祭りがあるから、この先で交通規制でもしてるのかもしれません」

忙しいジェリさんを足止めするのが忍びなくて、俺はそこで車を降りた。縁日を覗きがてら、寮まで歩いていくことにする。

裏通りに一歩足を踏み入れたところで、スピーカーからお囃子の音が聴こえてきた。まだ早い時間だからか、人出はそこまででもなく、陽の傾きかけた空の下、浴衣姿の子どもたちがいろとりどりの水風船や綿あめをぶら提げて走りまわっている。川沿いに並んだ屋台からは、ソースや醬油の香ばしいにおい。どうせ寮にはなにもないし、焼きそばでも買って帰るかと財布を取り出しかけたところで、尻ポケットに突っ込んであったスマホが振動した。伊央からだった。

「見た?」

前置きもなにもなく、いきなり訊かれた。

「見たってなにが？」

「トレンドに入ってる」

なにがなんだかわからなかったが、言われるままにSNSを開くと、「＃愛に生きる」というハッシュタグがトレンド入りしている。

「え、なに、どういうこと？」

急いでイヤホンを耳に突っ込んで、通話しながら画面を操作する。

「発生源はたぶん愛生 sis なんだけど、今日の昼ぐらいからこのハッシュタグを使って、『GAME BREAKERS』とか関係なく推しへのメッセージを送るムーブが起こってる」

——おはようアッキー！　今日も一日がんばってね！

通知の欄を見て、いちばんに目に飛び込んできたのは「はる」のメッセージだった。

週刊誌の記事が出た昨日も今日も、同じ時間にいつもどおりのメッセージが入っているから、やっぱり bot なんじゃないかと一瞬疑って、すぐにそれは生の声にかき消された。
――アッキーがどこのだれと恋愛したって構わない――いや、うそ、正直めっちゃ複雑。泣いたしバイト休んだし。けど、アッキーにはしあわせになってほしい。アッキーの笑顔が見たい。それは正真正銘ほんとの気持ち #愛に生きる
――私たちの「好き」が推しを追い詰めているんじゃないかってときどき思うことがある。好きになってごめんなさい。好きでいさせてくれてありがとう。#愛に生きる
――どうせ顔しか見てないんだろって言われたら、そうだと返すしかない。だって、そうでしょう？　私にはアッキーの顔しか見えてないんだから #愛に生きる
――性格なんて言葉なんていくらでも偽れる。私はアッキーのことなんかなんにも知らない。自信をもって好きだと言えるのは顔とパフォーマンスだけ。そこには嘘がないって信じられるから #愛に生きる
青空のヘッダーの下に並んだ「はる」の投稿。「はる」にしては長文の連投で、すでにかなり拡散されている。
「愛生」

祭りの喧騒にかき消されてしまいそうなかすれた声で、伊央が俺の名前を呼んだ。

「愛生はどうしたい？」

「――」

ああ、そうか。俺はずっとだれかに訊いてもらいたかったんだ。そう思ったら、右目からつと涙がこぼれた。

おまえは、ほんとうは、どうしたいんだ？

踊りたい。歌いたい。胸焦がすようなリリックが書きたい。うまくなりたい。認められたい。評価されたい。負けたくない。眠りたい。やさしくなりたい。笑いたい。人から好かれたい。ラーメン食べたい。

改めて自分に問いかけたら、ビールの泡のようにいっぺんにいろんな「したい」があふれて止まらなくなった。

もっと、もっと上へ行きたい。傷つけたくないし、傷つきたくない。もっと近くに行きたい。わかりあいたい。開きたい。さらけだしたい。だれかを強く思っていたい。新しい景色が見たい。マユに会いたい。マユの声が聴きたい。マユと花火がしたい。

この声を届けたい。

「――卵」

お好み焼きの屋台の向こうに、ケースに入った大量の卵が目に入って、とっさに俺は口走っていた。

「卵がいる。できるだけたくさん」

理由も訊かずに、「了解」とだけ言って伊央は電話を切った。

9

――太陽みたいにきらきらした笑顔まぶしっっっ #愛に生きる

――日本が世界に誇るイケメン！ #愛に生きる

――なにごとにもストイックな姿勢で臨み、ドがつくほど真面目で努力を惜しまない #愛に生きる

──重力を忘れさせるダンス＃愛に生きる
──セクシーNo.1＃愛に生きる
──まちがいなく人生二周目ですよね?!＃愛に生きる
──あざとくてかわいくてやさしくて歌ウマでおしゃれでナルシでゆるふわでちょっと天然なところ＃愛に生きる
──とにかく目がきれい目に殺される＃愛に生きる
──その存在すべてが生きる糧＃愛に生きる

タグをタップしたら、愛があふれでた。

どこのだれかもわからない、画面の向こうで呼吸し、生活している人たちの「好き」。俺に向けたものとはかぎらない、それぞれの推しに向かって放たれた「好き」。見返りを求めない純粋な「好き」。

そのまばゆく光るものたちが眼前を彩り、俺は眉間に力を入れて涙を堪えた。手軽にエモくなってたら、それだって消費のうちだから。

俺は、ずっと、こわかった。

なにかを失うことが。あるいはなにも失わないことが。

ステージの上で、スポットライトと歓声を浴びて踊る。一度あの味をおぼえてしまったら、願わずにはいられない。一生この場所で踊り続けたい、と。

これはビジネスだ。表現しなきゃ生きていけない人間がいる。それを見なきゃ生きていけない人間がいる。双方納得ずくのゲーム。プレイヤーに選んでもらわなければ話にならないからキャストは必死に乞う。俺を見て。俺にBETして。望んでいる以上のものをお返しするから。

いつのまにかできあがっていたシステム。もっと速く、もっと遠く、もっと高くを望むなら、ほかに選択肢なんかなかった。違和感をおぼえながら深く向き合おうともせず、良くも悪くもそれなりに乗りこなしてきてしまった。

俺たちの代わりなんていくらでもいる。人の心は移ろいやすいから、いつでも飽きたらポイと捨てられる。新しいなにかに飛びつく彼らを責めることなんてできない。そういうものだと思っていたし、それでいいとも思っていた。ほんの一瞬でも俺らの物語と彼らの人生が交差したなら、それはこれ以上なく幸福なことなんだと。

でも、ほんとうは知ってるんだ。

俺たちの代わりなんかどこにもいないんだって。俺たちは唯一無二なんだって。

そう信じさせてくれたのもまた、彼らだった。


「ちがうちがう、水から茹でるんだよ」

「酢を入れるといいって書いてある」

「え、こっちには塩だって」

「茹でる前に穴をあけると割れにくいらしい」

「生卵に穴？　どうやって？」

「専用の器具があるんだって。百円ショップで売ってるみたいだから買ってこようか？」

「いい、いいって、わざわざそんな」

「っていうか、そもそもこの部屋にこんだけの卵をいっぺんに茹でられる大きな鍋なんかあるの？」

山のように積みあげられた卵のパックを前に、スマホを見ながら大騒ぎしていた伊央と諒太を、宙也の放った一言が一瞬で黙らせた。

「信じられない、こんなちいさな手鍋しかない」

「カレーとか作らないわけ？」

「ちょっとは自炊しなよ！」

「体調管理も仕事のうちだろ！」

キッチンの戸棚という戸棚すべてを開いても、インスタントラーメン一人分しか作れなさそうな片手鍋しか出てこなくて、またしても伊央と諒太がぎゃあぎゃあ騒ぎ出す。——と、そこへ、計ったようなタイミングでインターホンが鳴った。

「さっき助っ人を呼んでおいたんだ」

我関せずとばかりにリビングのソファに座っていた灰人がしれっと立ちあがって、オートロックを解錠した。

「タクシーぜんぜん進まなくってさあ、裏道も全滅で。祭りとかそんなん聞いてないし、もう知らんと思って途中から歩いてきたった」

一クラス分の給食が入りそうな寸胴鍋を抱えて部屋にやってきたミミは、肩で息をしながら早口にまくしたてた。銀髪に無数のピアス、ショッキングピンクのジャージ。ただでさえ目立つ外見をしているのに、こんな大きな寸胴鍋を抱えて歩いていたらさぞかし人目を引いただろう。このあたりをミミが歩いていたりしたら、熱狂的なsisと鉢合わせになってたいへんなことになりかねない——と一瞬ぞっとしたが、それも今日で終わりにする。

「こんな大きな鍋、ふだんなにに使ってるの?」

純粋な好奇心から訊ねると、

「なにって、ラーメンのスープ作るときに使うでしょ」

そんな質問を受けること自体が心外だとばかりに答えるミミの後ろで、「やば」「ガチの人だ」「なかなかラーメンをスープから作らないよね」と伊央と諒太がこそこそ話している。

下積み時代にラーメン屋でアルバイトしていたというミミのアドバイスにしたがい、寸胴鍋いっぱいに湯を沸かし、ざるに入れた卵をあとから沈めるという形で大量の卵が茹であがった。それでなくとも暑いのに、ゆで卵が生み出す熱と湯気にあてられ、拭っても拭っても汗が噴き出してくる。武道館でもこんなに汗かかなかったとつぶやいたら、武道館が泣くわ、と後ろから宙也のチョップが飛んできた。

「わあ見て見て、きれいな黄色」

固ゆでの一歩手前、あざやかな黄色に茹であがった卵の断面をスマホのカメラに向かって諒太が示してみせると、すかさず伊央がスマホを近づける。あとでSNSに写真をアップするつもりらしい。

「こんな手の込んだこと、よくするね」茹で上がった卵をひとつ剝き、塩も振らずにかじりつきながらミミが言った。「若い男の子に好きな子がいたとして、その気持ちをおおっぴらにできないなんて、どう考えたって健全じゃないじゃん。わざわざだれかに断りを入れるようなことでもないでしょ」

これまでに何度か、仕事の現場で顔を合わせたことはあったが、思っていた以上にミミはさっぱりと明朗な性格のようだった。匂わせでやっているというよりは、写り込んでしまったものはどうしようもない。わざわざ隠したりするのは性に合わない。

そんな調子で、これまでの写真もSNSにアップしてきたんだろう。灰人の相手がミミでよかったと思うのと同時に、灰人のリアコはたまらないだろうなと同情もしてしまう。

「そのとおりだけど、そんなにかんたんに割り切れることじゃないんだ。少なくとも俺にとっては」

ざるいっぱいのゆで卵をダイニングテーブルに置いて、スマホをセットする。浅井さんは寄せられたコメントに反応するなとは言ったが、こちらからなにかを発信するなとは言わなかった。

「いくよ」

ささやくように合図して、ライブ配信がはじまった。

「えっと、どうもー、こんばんはー、いきなりなんの告知もなくはじめてすいません。ちょっと時間いいかな？　みんなと話したくて、急遽配信することにしました」

「ちょっと時間いいかな、ってそんなツレに話すみたいに……」

キッチンカウンター越しに首を出した伊央がすかさずツッコミを入れると、「だってツレじゃん」とその隣でゆで卵をもぐもぐ頬張りながら諒太が言った。

「えっ、あなた、ファンのこと友だちだと思ってるの?!」

「そうだけど、なんか問題ある?」

「はい、外野うるさいよー」

ダイニングテーブルを挟んで俺の正面に座った宙也が小声で二人を注意し、リビングのソファに座った灰人とミミが声もあげずに笑っている。みんな手元のスマホで配信の様子を見守ってくれていた。

——え、なに?

——いまイーオの声しなかった?

——ちゅーやんの声も
——もしかしてメンバー全員いる?

画面の上を流れていくコメントに対し、「僕もいるよー!」と諒太が声をあげる。

「だから外野うるさいって!」と宙也が声をはりあげ、ばふっと諒太が笑った拍子に口から卵が飛び散った。「あーもう、きったねえなあ」カメラを向けられていないせいか、すっかり油断した伊央が素でぼやいている。

「ごめん、なんか周囲がうるさくて。みんなもう知ってると思うけど、週刊誌に写真が出てしまって、お騒がせしてすみません——って謝るのもなんかおかしなかんじだけど、そのことについて、少し話をさせてください」

おけ、もちろん、話してくれてうれしい、というコメントがさっと画面を撫でる。もちろん中にはノイズになるようなコメントもあったが、それを上回る量の好意的なコメントが洗い流していった。

「このところずっといろいろ考えてて……」

思いつくまま、俺は正直な気持ちをカメラに向かって吐き出した。

灰人が生卵をぶつけられたこと。灰人を責めるようなコメントがSNSで寄せられたこと。アイドルみたいな活動をしアイドルみたいに消費されていくこと。女性ファンを軽視するなと責められたこと。自分がどこに立っているのかときどきわからなくなりそうなこと。恋愛禁止なんてルールはないはずなのになぜか後ろめたい気持ちでいること。プライバシーを暴かれ傷ついていること。もっとファンを信じられるようになりたいこと。もらった分だけの「好き」を返したいこと。求められたいけど求めすぎないでほしいこと――それから、マユのこと。俺の勝手な片思いで彼女にはまったく非がないこと。彼女の職場に押しかけて迷惑をかけるような行為はしないでほしいこと。

「彼女といると、俺は俺でいられる気がする。ステージにいるときやカメラの前にいるときの俺が俺じゃないっていうわけでもなくて、それだってちゃんと俺の一部なんだけど……コンビニみたいに二十四時間営業ってわけにはいかない。俺が俺だけのために生きられる時間も必要なんだ」

はじめて舞台で踊ったときより緊張していた。すべて吐き出して自分だけすっきりして、そんなのひとりよがりかもしれない。そうすることでまた、新しくだれかを傷つけることになるのかもしれない。

だけど、これが俺の思う誠実さだった。

「いまのやりかた――俺らにかぎったことじゃなくて、この手のエンタメ業界全般に言えることだけど、なにかちがうんじゃないかと思ってて、できることなら変えていきたいと思ってて、でもどうしたらいいのかわからなくて、できればみんなでしあわせになれる方法を見つけたくて、それで、みんなの力を借りたいと思って――」
画面の向こうで多くの人が固唾を呑んで見守っているのを感じた。ぴんと張りつめた空気。聞いてるよ、がんばれ、うん、うん、変えていこう。少しずつ声が返ってくる。
「だから、俺たちみんなでゆで卵になろう」
一瞬の間があって、「文脈が見えない!」と伊央のツッコミが飛んできた。
――え
――唐突www
――なんそれ
――ゆで卵?????
――出たよアッキーの天然wwww
――イーオ解説して
「いや、ごめんごめん、俺もメンバーもsisもbroもGAMERも生身の人間で、みんなそれぞれ壊れやすい生卵だったり半熟卵だったりするのかなって、その想像力を持っていたいなって思って、それでこうやってゆで卵を茹でてみたんだけど……」

「いや、わからんわ！」

正面に座っていた宙也が、耐え切れないといったように叫んだ。俺は苦笑し、ゆで卵の入ったざるを手前に引き寄せた。まだほんのりあったかい。メンバーがあちこちから買い集めてきてくれた卵は色も大きさもバラバラだったけど、むしろそれがよかった。ひとつ手に取っておでこにぶつけてみても、軽くひびが入るぐらいで粉々にはならなかった。

「ほら、こうやってぶつけても簡単には割れない。服を汚したりもしないし、食べると栄養満点でおいしい。それにほら、きれいでかわいい」

――きれいでかわいい?!

――謎のワードチョイス
――「栄養満点でおいしい」もなかなか
――ゆで卵とは

――いったい私はなにを見せられているのか

「どうすればいいのか、考えてみてよ。俺も考えるし、メンバーもいっしょに考えてくれると思う。みんながみんな納得するような形にするのは難しいかもしれないけど、それでも、いまよりはいい形になるように、してみせるから」

頭の裏側がざわざわと波立っている。でも、いやな波動じゃなかった。

「つまり、俺は、みんなでいっしょに成熟して、ともに人生を歩んでいこうって、そう言いたかったんだ」

プロポーズじゃん、とつぶやいて、ミミが口笛を吹いた。あ、声出しちゃった、という顔をしてすぐに唇をつまむ素振りをしてみせたが、だれもミミを咎めたりはしなかった。もう俺たちは、大切なものを隠す必要なんてない。

「俺のことを、好きになってくれてありがとう」

カメラに向かって俺は頭を下げた。配信視聴者から送られてくる赤いハートマークで画面が真っ赤に染まる。

――こちらこそありがとうだよ！

——固ゆで卵に俺はなる！
——いつまでも大好き
——アッキーの笑顔を守り隊隊員ナンバー001
——002
——003
——点呼はじまった笑
——**#愛に生きる**
——**#愛に生きる**
——**#愛に生きる**
「それから最後に、この場を借りて彼女にメッセージを送らせてください」
マユがこの動画を見ているかもわからないのに、こんなことを大勢が見守る中で伝えるなんて賭けでしかない。だけどもう、こうすることでしか一対一にはなれないと思った。
「今夜、約束した場所で待ってます。どうしても会って伝えたいことがあるんだ。いつまでも待ってるから――」

配信を終えると、スマホをつかんで俺は立ちあがった。

「どうすんだよ、こんな大量のゆで卵」

「ようし、今日はタマパだー！」

「タコパみたいに言うなよ」

「マヨネーズと塩だけじゃ飽きちゃうよね」

「煮卵にしたりピクルスにしたりする手もあるよ」

「ウフマヨ食いたい！」

俺のことなどおかまいなしに、メンバーとミミはざるいっぱいのゆで卵の消費方法を話し合っている。

「いっそこの様子も配信しちゃう？」

「ミミ映ったらまずいんじゃん？」

「もう別によくない？」

「そんなことでファンが減るんだったらそれまでだろ」宙也がふいに真面目なトーンになって言った。「もう一度、何度でも積みあげていけばいいだけの話だ」

「さすがリーダー」

そう言って灰人が、宙也のおでこに勢いよく卵をぶつけると、「痛っ」と宙也がちいさく跳ねた。

「ん？　なに？」

出入り口のところに立ち尽くしている俺を振り返って、じゃまくさそうに伊央が片眉をつりあげた。美しい顔に皺が寄ってものすごく意地悪に見えたが、そっちのほうが伊央らしかった。

「まだいたの？　さっさと行ってくれば？」

その声に背中を押されるように、玄関に置きっぱなしにしていた花火セットを持って俺は部屋を飛び出した。

踵を履き潰したスニーカーで、公園へと続く坂道を駆け下りる。おもてはすでにとっぷりと暮れ、正面に大きくふくらんだ丸い月が出ていた。風はほとんどなく、昼間のうちに溜め込んだ熱がまだアスファルトの上にわだかまっている。期待と不安が交互に押し寄せ、逸る心が俺の足を加速させる。

坂道をのぼってきた浴衣姿のカップルとすれちがい、遠くのほうに薄ぼんやりとちょうちんの灯りがにじんでいるのが見えた。祭りばやしが聞こえる。こういうあたりまえの景色を君といっしょに過ごしたい——。

マユに会えたら、この気持ちをどうやって伝えよう。言葉じゃぜんぜん足りない。ぜんぜん追いつかない。

そうだ、思いがあふれて言葉にならなかったら、この月の光の下で踊ってみせよう。彼女のためだけのダンスを。君が好きだと伝えるために。

——GAME CLEAR…

「ないわ」

エンディングクレジットを最後まで見終わったところで、青木真由子はため息をついた。

今日発売になったばかりの恋愛シミュレーションゲーム『コンビニエンス・ラブ』の一周目をたったいま終えたばかりだった。

このメーカーの前作『ブックストア・ラブ』は神ゲーだった。主人公は町のちいさな書店に勤める書店員で、店長や他店のカリスマ書店員や取次や出版社の営業、書店まわりにやってきた小説家や客の大学生などが攻略対象で、シフトの組み方や発注する商品、棚と平台の作り方によって売れ行きも登場キャラも発生イベントも変化する。

取次や出版社の好感度をあげておかないと思うように発注した本が配本されなかったりと、乙女ゲームにしては凝ったシステムでやり込みがいがあったし、どの攻略キャラも作画がよくて、軽やかでリアルなシナリオが魅力的だった。

シリーズ二作目の『コンビニエンス・ラブ』の制作が発表されてから、発売を待ちわびること二年。ついに迎えたこの日、青木真由子は有休を取り、初回プレイにのぞんだ。ソフトウェア版も予約してあったが午前中指定の宅配便が何時にくるかわからないので、朝起きてすぐにダウンロード版をセットアップし、画面にかじりつくこと数時間、ようやく一人目のキャラ「成瀬愛生」ルートをクリアしたのだが……。

「いや、ないわー」

もう一度、今度ははっきりと声に出した。

二年前の制作発表時に公開された各攻略キャラのキーヴィジュアルを見た瞬間から、青木真由子は「成瀬愛生」にロックオンしていた。黒髪のクール系イケメン。青木真由子の好みど真ん中であった。それからしばらくして公開された登場シーンのスチルを目にした瞬間、青木真由子の胸は高鳴った。コンビニのバックヤードで息も触れ合うほどの距離まで顔を近づける「成瀬愛生」。さらにその後、発表された「成瀬愛生」のCVはなんと青木真由子の大好きな声優だった。

運命だ、と思った。一周目は「成瀬愛生」。青木真由子の心はそこで決まった。

そうしてやっと迎えた発売日の今日、一周目を終えた青木真由子の率直な感想は「ないわ」であった。キャラデザは申し分ない。スチルはどれも甲乙つけがたいほどの絵アドの高さで、立ち絵の動作や表情も凝っていて、とにかく目がずっとしあわせだった。主人公のキャラ設定はいかにも王道の乙女ゲーヒロインってかんじで、すっとぼけていてツッコミどころ満載だったが、仕事にかける情熱は前作に引き続き純粋で暑苦しいほどで、日々ブルシットジョブに消耗させられている青木真由子の目頭を熱くさせた。

仕入れやシフトによって登場キャラや発生イベント、好感度が変わるシステムも前作同様で、今作では商品開発にまで手を出せたり、海苔弁当の構成まで考えられたりするミニゲームの要素も加えられた。選択肢によってルートが分岐するのはもちろんだが、攻略キャラの一人である漫画家の締め切り日に合わせて弁当を多めに発注しておくと、漫画家の好感度が上がる代わりに「成瀬愛生」のラーメンイベントが起こらなかったりと、イベント発生条件も細かくて気を抜けなかった。

しかし、ルックスの良さや店舗運営のゲーム性に惑わされて楽しくプレイできていたのは途中までだった。ストーリーが進むにしたがって、なんかこいつめんどくさいと引っかかる部分が増えていき、最後のほうは早く終わってくんねえかなと思いながらほとんど作業のようにコマンドを進めていた。初回プレイ時はなにがあってもスキップ機能を使わない。それが青木真由子のゲーマーとしての矜持だった。

いつから乙女ゲームはヒロインが男をケアするゲームになってしまったんだろう。こっちは甘いセリフをささやかれて胸キュンしたいだけなのに、どうしてゲームの中でまで男に気を遣ってあれこれ察してあげなければならないのだ。たるい。たるすぎる。キャラクターに奥行きやギャップを持たせるために、複雑な設定やキャラ造形にするのはわかるが、クール系イケメンだと思って飛びついたらうじうじ悩んでるだけの屈折男だなんて、そんなギャップぜんぜんうれしくない。

今作から導入された攻略キャラ目線で進む「ボーイズサイド」は完全に蛇足と言っ

ていいだろう。女は余白にこそ萌えるのだから、むやみにキャラの内面を掘り下げればいいってものでもない。ストーリーの途中で「名倉祐也」が口にした「恋愛って一対一でするもんじゃねえのかよ」という台詞にはよくぞ言ってくれた！ と叫び出しそうになった。乙女ゲーに生々しいアイドルの苦悩なんかいらない——あ、アイドルじゃないんだっけ。ごめんだけどアイドルに対する偏見やばいね？ ていうかゆで卵で丸め込まれるほどオタクは甘くないよ？ 次はドームどころかアリーナも埋まらないだろうね！

それに加え、この中途半端に時勢におもねったかんじはなんなんだろう。どれだけ世間がジェンダーがなんだコンプラがどうしたと騒ぎ立てようと、「おまえ」と呼ばれたい女だっているし壁ドンされたい女だっているのだ。ゲームの中でぐらい好きに楽しませてくれればいいものを、余計なジェンダー配慮なんかしてファンタジーを奪わないでほしい。現実世界の複雑さに耐え切れないから脳がとろける甘いお菓子のようなエンタメに逃避してるのに、こっちにまでそういうのを持ち込まれたらたまったもんじゃない。お菓子はお菓子の役割をまっとうしてくれ。

もちろん青木真由子だって現実の男たちの男尊女卑的なふるまいには日々辟易している。現実に「おまえ」なんて呼ばれたら相手がイケメンだろうとなんだろうと漏れなくハンニャ顔になるだろうし、壁ドンなんてされようものならその場で即刻通報するだろう。

しかし、それはそれ、これはこれである。ゲームの中で安全に消費できるコンテンツとしての男性性はむしろ大歓迎だ。ある意味では「成瀬愛生」もまあまあマッチョなところがあったのだが、いるいるいるよねこういう男ってかんじのいやなリアルさで、そこも萎えポイントのひとつであった。「クソミソホモソ野郎」という称号を捧げたい。メンバーとのわちゃわちゃ感は悪くなかったので、むしろそっちをメインでおかわりしたい——っていうかなんで宙也攻略できないんですか宙也ルート追加でください。

こんなことなら初回は幼なじみの「名倉祐也」にいっておけばよかった。見た目がそんなに好みじゃないから後回しにしていたが、いいかんじにツンデレっぽくてそそられた。「成瀬愛生」のようなめんどくさい背景もなさそうだし、王道の幼なじみキャラっぽくて期待が持てる。漫画家はびん底眼鏡をはずしたスチルがバリイケメンだったが、こじらせ具合が吉と出るか凶と出るかわからないので口直しに手を出すには危険かもしれない。エリートリーマンは完全なる安パイなので抑えとしておくのが無難だろう。ホストがどうも地雷のヤンデレくさいので早めにクリアしておきたいところではある。ガテンはマッチョな匂いがぷんぷんしていて、メインディッシュに取っておきたい。うん、やはり二周目は幼なじみにいっとくか。ついでに取りこぼした「成瀬愛生」のイベントも回収しておこう。

青木真由子は大きく伸びをして首をまわした。ぽきりと小気味のいい音が鳴る。そうして、おもむろにコントローラーを操作し、新しくゲームを開始した。

——NEW GAME…

◎吉川 トリコ（よしかわ・とりこ）
一九七七年生まれ。二〇〇四年「ねむりひめ」で〈女による女のためのR-18文学賞〉第三回大賞および読者賞を受賞、同作収録の『しゃぼん』でデビュー。著書に『グッモーエビアン!』『戦場のガールズライフ』『ミドリのミ』『ずっと名古屋』『マリー・アントワネットの日記 Rose』『女優の娘』『夢で逢えたら』『あわのまにまに』など多数。二〇二二年『余命一年、男をかう』で第二八回島清恋愛文学賞を受賞。エッセイ『おんなのじかん』所収「流産あるあるすごく言いたい」で第一回PEPジャーナリズム大賞2021オピニオン部門受賞。

【初出】
本書は、U-NEXTオリジナル書籍として書き下ろされ、二〇二三年九月八日に刊行された電子書籍を、紙の書籍としたものです。また、この物語はフィクションであり、実在する団体・人物等とは一切関係がありません。

コンビニエンス・ラブ
二〇二三年一〇月六日 初版第一刷発行
◎著者＝吉川トリコ
◎装画＝重田美月 ◎ブックデザイン＝森敬太（合同会社飛ぶ教室） ◎編集＝寺谷栄人 ◎発行者＝マイケル・ステイリー ◎発行所＝株式会社U-NEXT／〒一四一・〇〇二一 東京都品川区上大崎三・一・一 目黒セントラルスクエア／電話＝〇三・六七四一・四四二二（編集部）／〇四八・四八七・九八七八（受注専用）
◎印刷所＝シナノ印刷株式会社

ISBN:978-4-910207-88-9 C0093 定価（本体900円＋税）